あの時代の地方の悲劇

農耕隊の悲劇
満蒙開拓の悲劇
学童集団疎開の悲劇
二・四事件の悲劇
オウム真理教の悲劇

大槻　武治

ほおずき書籍

はじめに

新聞記者の天野順一は、本社で二カ月の研修を受けてから、二年近くを長野県の伊那支局へ派遣になった。そこで先輩や住人の支援を得ながら取材に励む生活を送ることができた。

中央アルプスと南アルプスに挟まれた盆地の中を流れる天竜川。その盆地はいたるところに美しい自然が生きていた。そこで生活する人々の心根の優しさに魅せられて、充実した生活を送っていた。その心優しい人々の生活の裏には、太平洋戦争を中心に様々な悲劇が存在していたことに気付いた順一は、新聞記事の取材の合間にそれらの悲劇について取材を続けた。そこには現在の社会では想像のつかない悲劇の実態があった。

順一はそれを丹念に記録しながら、悲劇をつくり出したものが何であったかを考えた。同時に考えたのは、同様な悲劇の種は現在の世の中にも存在していることであった。その悲劇の種が発芽して新しい悲劇を引き起こさないとは限らない。その思いが過去の悲劇の一つ一つを文章に綴《つづ》る契機になった。

過ぎ去った過去を修正することはできない。だが、そこから学んだことを自分の問題としてとらえて、それを今後の記者生活に生かすことは可能である。本社へ戻る時を前にして、順一は過去の悲劇を出来るだけ丹念に文章に綴ってみた。

だが、悲劇の場所や人物を特定して公表することは、関係者に迷惑をかけることになる。それで過去の悲劇の事実を踏まえながら、その中に出て来る事柄や人物や地名はフィクションの形を用いて表現した。取材に協力していただいた方には、心から感謝を申し上げたい。

世の中から忘れられつつある過去の悲劇に順一と一緒に眼を向けて、これからの世の中のあり方を考えていただきたい。そしてそれを現在の自分のあり方に結びつけていただければ幸いである。

（著者）

目次

はじめに……………………………………3

上の原の人骨――農耕隊の悲劇――……………8
昭和十九年から二十年にかけて、「農耕勤務隊」と称して、朝鮮半島から二十歳前後の青年を日本に連れて来て開拓と農耕に従事させた。その生活に耐えられなくて逃亡を企て、最後には死亡する朝鮮半島の人の悲劇である。その遺骨が七十年を経て土砂流によって地上に現れる。

二つの開拓――満蒙開拓の悲劇――……………44
満蒙開拓にまつわる悲劇である。終戦を契機に満州で日本人に対する復讐が始まった。そこから逃れて日本へ帰国したが、「満州乞食」と罵られて生活していた親子。そこへシベリアから帰った父と共に、苦難を乗り越えて土地を開拓し、リンゴ栽培を成功に導いた三沢リンゴ園の一家。

粘土山の転落 ——学童集団疎開の悲劇—— …… 82

戦時中の学童集団疎開で起きた旧制中学の生徒による強姦事件。そのために妊娠して終戦直後に多摩川へ入水自殺した少女。その事実を隠蔽するために、戦後七十年が経って少女の弟が殺害される。その背後にあったものは何であったか。

二・四事件 ——太平洋戦争前の悲劇—— …… 165

太平洋戦争は突発的に起きたものではない。国によって着々と準備されたもので、昭和八年に起きた二・四事件にはその事実が表れている。治安維持法によって拘束され、逮捕された自由主義や人道主義の思想を持つ学校の教師たち。その時代の底を流れていた国家主義に同調できないで苦しむ一人の教師。

オウム真理教との訣別 ——戦後の悲劇—— …… 216

戦後に起きたオウム真理教のサリン事件。オウム信者として出家を手前でとどまった大学生の告白。そこには麻原彰晃やオウム教団に身を委ねて主体性を失った人間の生き方が問われている。それは国家に身を委ねてしまった戦時中の日本人と共通のものがある。

あの時代の地方の悲劇

上の原の人骨 ――農耕隊の悲劇――

　新聞社に入社した天野順一は、本社での二ヵ月間の研修を経て、長野県の伊那支局へ赴任した。支局の勤めは原則として二年ということである。上司には、赴任の前に「全国版に載るような記事を期待している。支局勤務は君の腕試しの期間だ」と言われた。

　伊那は南アルプスと中央アルプスに挟まれた盆地で、中央を天竜川が南北に流れている。新聞社の支局は天竜川沿いの市街地にあって、局員は支局長を含めて六人である。

　取材に出た順一は、天竜川の橋の上に立って、岩や小石を割って流れる天竜川を眺《なが》めることがあった。これが郷里の浜松の広い天竜川になることを考えると、感慨深いものがあった。

　その年の六月の半ばに伊那地方は梅雨に入った。降ったり止《や》んだりしていた雨は、途中から豪雨になって二日間降り止まなかった。

「暴れ天竜、卯年の洪水」

　先輩の長谷川記者の呟《つぶや》きを聞いた順一は、彼の横顔に目を当てて尋《たず》ねた。

「それは何ですか?」

「この地方に昔から伝わることわざだよ。天竜川は竜のように暴れることがある。卯年になると暴れて洪水を起こすことがあるということだ」

「卯年？」

「十二支の兎《うさぎ》の年のことだ。今年はこの雨で天竜が暴れるかもしれないな」

長谷川記者の言葉は当たっていた。順一が外出の折に天竜川の橋の上に立つと、眼下には普段とは違う天竜川の流れがあった。それはあたかも竜が黒い体をくねらせて暴れているようであった。

そういう時に、順一の耳は雨の音を縫って途切れ途切れに伝わる緊急放送をとらえた。

「釜口水門から毎秒五十トンの放水をしますので、天竜川の流れには近付かないでください」

釜口水門からは諏訪湖の水を天竜川へ落としている。諏訪地方も大雨のために諏訪湖の水が溢《あふ》れる寸前にきていた。それで天竜川へ大量の放水を始めるのだ。

これは記事になりそうだと考えて支局に戻った順一は、長谷川記者に相談を持ちかけた。

「暴れ天竜川を見てきましたが、あれは記事にはならないでしょうか」

「書いてみるのもいいが、洪水にでもならない限り採用されないだろうな」

そのように言われてみれば、天竜川の濁流が記事になるとは思われなかった。長谷川記者は続けて説明した。

「あのことわざは昔のことだ。近年は天竜川の堤防が整備されて、河川事務所で常時監視されているから、卯年でも天竜川が洪水を起こす心配はない。心配なのは支流の方の土石流だ。この大雨でどこかが崩れるかもしれない」

二日間降り続いた豪雨は、翌日にはパタリと降り止んで透き通った青空が現れた。その上には太陽がまぶしく輝いていた。順一は外に出て、南アルプスの仙丈ケ岳を見上げた。そこには青空を仕切って聳《そび》える壮大な山岳の風景があった。

順一が外出している留守に、「上の原で地すべりがあって、そこから人骨が出た」という情報が支局に入った。外から帰った順一は、支局長に呼ばれて言い付かった。

「これは事件になるかもしれない。取材は君に任《まか》せる」

支局長が机上に広げた地図で場所の確認をした。上の原は中央アルプスの裾に広がる扇状の台地で、その中央を天竜川の支流の馬渕川が一直線に下っていた。地滑りの場所は馬渕川の川べりの傾斜地であった。

順一は車を走らせながら「チャンスが到来したのかもしれない」と考えていた。これまでに書いた記事は、地方版に載っただけであった。これが殺人事件の記事であれば、あるいは全国版に載るかもしれないと考えたのだ。

地滑りの現場は馬渕川の川べりの台地の斜面であった。斜面が半円形に欠けて馬渕川の川沿いの水田に滑り落ちていた。その面積は五アールに及ぶと思われた。

現場には数人の警官が手にスコップを持って、崩れた地面にへばり付いていていた。川沿いに張った「立入り禁止」のテープの外側では、数人の見物者がその様子を見ていた。

順一は警官の一人に近付いて尋ねた。

「人骨が出たようですね」

警官は手で腰を叩きながら背伸びをした。

「出た骨はあの上に置いてある」

警官は傾斜地の上の台地を指差した。

順一は地滑りの場所を避けて傾斜地の上の台地に出た。そこは広い畑の間に民家が小さな集落をつくっていた。地滑りを起こした場所の近くにも「立入り禁止」のテープが張られて、テープの内側には青いシートが敷かれていた。

その上にバラバラと置かれていたのは、木の切れ端のようなものであった。そこを一人の警官が立って見張っていた。

「これが人骨ですか?」

警官は鋭い目つきで順一の腕章を見て人骨を指差して言った。

「これが頭蓋骨だ。こういう形の頭蓋骨は人間に特有のものだ。それでこの骨が人骨と分かった」

頭蓋骨は泥が付着していたが、明らかに人間の頭蓋骨であった。それをしげしげと見つめている順一に警官が言った。

「写真は撮らないように。詳しいことは大学の法医学教室で調べてもらうことになっている」

「結果はいつ出ますか?」

「二日はかからないだろう」

「発表はどこで?」

「伊那北警察署で発表になる」

「日時が決まったら連絡をお願いします」

順一は名刺を渡して、再び下に降りて地滑りの様子を写真に撮り始めた。

写真を撮っている順一の傍に、一人の白髪の老人が立っていた。老人は順一が移動すると、あとをつけて同じように移動した。

その様子に不審を感じた順一は、写真を撮り終えたところで声をかけてみた。

「ご近所の方ですか?」

「そうだ」

老人は指を上に向けて言った。

「私の家はこの上にある。このような大雨は何度も経験しているけれど、この土手が地滑りを起こしたのは初めてだ。しかも人骨が出たとは……」

老人の言葉はそこで途切れた。

「心当たりがあるのですか?」

「別に」

老人は首を振ったが、その激しい振り方は心当たりがあることを示していた。順一は記者根性を丸出しにして尋ねてみた。

「失礼ですがお名前は?」

「私は猪股。猪の股と書く」

「珍しいお名前ですね」

「祖先は猪の股から生まれたのだろうよ」

老人は含み笑いをして顔を向けた。

「新聞記者のようだが、あなたの名前は?」

「天野順一です」

順一は名刺を出して猪股老人に渡した。順一には「老人は人骨について何かを知っている」という直感が働いていた。警察発表の内容によっては貴重な情報源になることが予想された。

伊那北警察署からは一週間が経ってようやく連絡があった。指定の日時に伊那北警察署に駆けつけると、会議室には新聞各社の記者が押しかけていた。順一は記者たちに挨拶をして最前列の椅子に座った。

時間が来て会議室に現れたのは、地滑りの現場で人骨を監視していた警官であった。警官は「刑事課長の伊原」と自己紹介をして、紙を胸の前に広げて発表した。

「上の原の地滑りの場所で発見された骨は、人間の骨であることが確認されました。身長が一メートル六十センチほどの男性のもので、死後七十年が経過しているものと思われます。以上が大学の法医学教室での鑑定の結果です」

死後七十年と聞いて順一の頭にひらめいたのは、地滑りの現場にいた白髪の老人のことであった。あの老人は八十歳を越えているものと思われた。住まいも近くであったから、人骨について何かを知っているに違いない。これは特別のネタになるかもしれないというのが、とっさに思いついたことであった。

「死後七十年というと、終戦当時の遺体ということになりますね」

後ろの記者が順一の首に息を吹きかけて発言した。

「終戦前後のものと思われます。その頃には上の原には農耕隊が入って開墾をしていました。したがって、それに何らかの関係があるのではないかと推察できます」

「農耕隊?」

「朝鮮半島から二十歳前後の若者を連行して来て、あのあたりの開墾に従事させていたということです。しかし、終戦と同時に関係書類が焼却されていますので、詳しい事情は分からないのですが、その農耕隊の関係者をあそこに埋葬したのではないかと思われます。その骨であるという推定です」

「そういうことだったか」

残念そうな声が後ろで聞こえた。そういうことであれば殺人事件とは関係がない。ビッグニュースになる期待を裏切られたという空気であった。

「それなら遺体は埋葬された朝鮮の人ということになるの？」

「その可能性が大きい」

「長野の松代でも地下に大本営をつくるために大勢の人を朝鮮半島から連行して来て、トンネル工事に使ったと聞いているけれど、それと同じようなものですか？」

「そういうことだと思う。しかし、記録の一切が焼却されているので、ここで確かなことは言えない」

刑事課長はそれだけを言って、そそくさと部屋を出て行った。それを追いかける記者はいなかった。記者たちも鈍い動作で立ち上がってぞろぞろと退室を始めた。

支局に戻った順一はインターネットで「農耕隊」について調べてみた。画面にはいくつかの項目が出たが、その中で目立ったのは、青山学院大学名誉教授雨宮剛の名前であった。雨宮教授は農耕勤務隊（略して農耕隊）について詳細に調べていて、農耕隊に関する著書もあった。

順一がそれを調べる中で気づいたのは、朝鮮半島から連行されて来た青年は、日本から北朝鮮へ拉致された人と同じようなものなのではないかということであった。それなら戦時中の日本は北朝鮮と同じようなことをしていたことになる。順一はそこにニュースとしての価値を見出していた。

順一は図書館に出向いて雨宮教授の著書を検索してみた。すると「謎の農耕勤務隊─足元からの検証─」という書名が現れた。司書に依頼して、その本を書庫から取り寄せた。

司書が持ってきた本はA5判の分厚い本であった。ぺらぺらと捲《めく》ってみると、細かい活字が二段や三段になってびっしり詰まっていた。「これは読むのに時間がかかりそうだ」と思いながら、その本を借り出して支局に戻った。

支局で「謎の農耕勤務隊」を開いて読み始めると、途中では止められなくなった。その様子を見た支局長が順一に声をかけた。

「何の本だ？」

順一は顔を上げて答えた。

「農耕隊について書かれたものです」

順一は上の原の人骨と農耕隊の関係の説明を始めた。支局長は自分のデスクから離れて順一の横に立って聞いていた。

「上の原で出た人骨は、七十年前の農耕隊のものではないかということです。農耕隊というのは、終戦の前に朝鮮半島から青年を連行して来て、あそこを開墾させた人たちのことです。僕は農耕隊という言葉は初耳でしたが、これを読むと開墾のための奴隷《どれい》のようなものだったのですね」

「その農耕隊の一人が今度の人骨なのか?」

「警察発表ではそのように判断してよいと思います。問題はどうしてあの場所に遺体があったのかということです。埋葬されたものか、それとも野晒《のざら》しにされていたものか、僕にはその点が疑問です」

「本にはそのことが出ているのか?」

「まだ読みかけですから」

「今日のところは警察発表の段階で記事にまとめてみてくれ。君の抱いた疑問については、今後の調査で明らかにしてくれ。これは面白くなるかもしれない」

支局長がデスクに戻ると、順一は記事をパソコンで打ち始めた。雨宮教授の「謎の農耕勤務隊」の内容を気に掛けながら。

「伊那北警察署の発表によれば、去る二十日に上の原の地滑りの跡から発見された人骨は、約七十年前の男性のものであることが、大学の法医学教室の調査によって判明した。七十年前の上の原一帯には、朝鮮半島から連行されて来た労務者が開拓に従事していた。労務者の大半は終戦によって母国へ帰ったが、その前に病気や事故で死亡した人もいた。それを埋葬したものが、このたびの地滑りによって地表に現れた遺体と思われる。死亡時の状況については今後の調査に委《ゆだ》ねられる」

そこには地滑りした斜面を調査している警官の写真を付けた。これ以上のことは書こうとしても書けなかった。

翌朝の新聞の地方版では、各社の記事はほぼ同じ内容であった。ただ、「死亡時の状況については今後の調査に委ねられる」という表現は、順一が書いたもの以外には見られなかった。

順一には今後の調査について見通しがあったのだ。それは現場で会話を交わした猪股という老人であった。

「あの老人は何かを知っている」

順一には確信めいたものがあった。

その日の順一は、遅くまでかけて「謎の農耕勤務隊」を読み切った。そこからはそれまでに考えたことのない多くの情報を得ることができた。

農耕隊は日本の数箇所に導入されていたが、その一つが伊那を中心にした長野県であった。長野県には推定三千人が入っていたと書かれてあったが、場所が明らかにされていたのは数箇所だけであった。一箇所の人数が三百人ほどであったということだから、他にも農耕隊がいた場所はあったはずである。その一つが上の原だったということになる。

だが、終戦時に農耕隊の関係書類はすべて焼却されていたから、この本の中の記述の大半は著者の聞き書きであったり、著者に寄せられた手紙であったりした。

上の原についても記録は残っていないだろう。ただ、地滑りの現場で見た老人の記憶には残っているに違いない。「私の祖先は猪の股から生まれたのだろう」と含み笑いしていた猪俣老人の様子は、何かを知っていることを示唆していた。

順一は翌日の午後に上の原の地滑りの現場へ再び足を運んだ。前回と違ってそこには人の姿がなかった。

「私の家はこの上」

そう言った猪股老人の言葉を頼りに、上の台地の地滑りの場所に近い集落の門札を見て回った。建物と建物の間に畑や果樹園がある三十軒ほどの集落であった。

庭先で洗濯物を干している主婦を発見したので近寄って尋ねてみた。

「猪股さんの家はどこでしょうか?」

「猪俣さんは隣ですよ」

主婦が指差したのは、瓦屋根の二階建ての古い住宅であった。順一はその住宅の玄関のインターホンのチャイムを鳴らした。出てきたのは間違いなくあの時の白髪の老人であった。

「新聞記者の方ですね。お見えになると思っていた」

猪股老人に案内されたのは、樹木に囲まれた芝生の裏庭であった。その真中に円形のテーブルを囲んで椅子が並べてあった。

「話をするにはここがいい。どうぞお掛けになって」

猪股はそれから家の中に向かって声をかけた。

「何か冷たいものを持って来てくれ」

順一は猪股と向かい合って椅子に腰を下ろした。こうして見ると猪股の頭は全面が白髪であったが、顔の表情は艶があって若々しかった。順一の口からは自然に言葉が出ていた。

「失礼ですが猪股さんは何歳になります？」

「八十三になる」

猪股老人は口を開けて笑った。

「あなたは私に農耕隊のことを聞きたいのだろう？　あれは私が小学五年生の時のことだから、ある程度は憶《おぼ》えているよ」

その時に猪股の奥さんが、トレイにコップを二つ載せて来た。

「暑いから冷たいジュースがいいでしょう。どうぞお召し上がりになって」

「面倒をおかけします」

順一の喉を冷たいオレンジジュースが通り抜けた。コップをテーブルに置いた猪股老人は、順一の顔を見つめながら訊《き》いた。

「奥さんは?」

「新聞社に入社したばかりですから」

「それでは初めての赴任というわけか」

「僕は生まれが浜松で、長野県に来たのは初めてです」

「新米記者というわけか」

猪股老人はまた口を開けて笑った。それから急に神妙な表情になって語りかけた。

「あなたの書いた記事を読んだよ。地滑りの現場で新聞社の腕章を付けていたから、私の家でとっている新聞の記者だと分かった。それでどういう記事が出るのか心待ちにしていた。そうしたら今朝の新聞に出ていた」

「読んでいただいてありがたいです。どうでした?」

「最後のところに『今後の調査に委ねられる』とあったから、あなたがここへ見えるのではないかという直感が働いた。そうしたら案の定だったが、これほど早く見えるとは思っていなかった」

順一は鞄からノートを取り出して取材の準備をした。同時に上着のポケットに手を入れて、携帯のボイスレコーダーのスイッチを入れた。

だが、猪股老人の話はすぐには始まらなかった。時間を置いて猪股老人はゴクリと唾《つば》を飲み込んで言った。

「死体遺棄と埋葬とはどう違う?」

突然の質問に順一は戸惑いながら答えた。

「埋葬の場合は役所で埋葬許可をもらって弔うのではないでしょうか。死体遺棄は死体を無造作に棄《す》てるのだから犯罪になると思います」

「それならあれは死体遺棄だったのかな。七十年も昔のことで、遺棄をした本人は死亡しているのだが、それでも罪になるのかな」

順一はそれを聞いて、出土した遺骨の秘密がそこに隠されていることを直感した。だから順一の一言は記事になるかどうかの境目であった。

「そんな昔のことなら時効になっていると思いますが」

そのように答えながら、凶悪犯罪の時効は廃止になったのではなかったかと思い返したが、この一言で猪股は安心した模様であった。

猪股は順一の反応を見つめながら、ぽつりぽつりと話し始めた。

「私は年齢のせいか夜中の三時にはトイレに起きるようになった。それから布団に戻るのだが、熟睡できないままにうつらうつらと夢を見ていることがある。その夢というのが子供の頃のことが多い。

その中でも農耕隊のことが頻繁に出てくる。そういうわけで私の農耕隊の記憶は事実であったのか、夢の中のことであったのか、最近は自分でも区別がつかなくなった。そのことを前提に話を聞いていただきたい」

「分かりました」

順一はボールペンを持って構えた。頭の上には白い花をつけたヤマボウシの枝が張り出して、その影がノートの上にチラチラと揺れていた。

——私は太平洋戦争が始まった昭和十六年に、国民学校（小学校）へ入学した。そして五年生の八月に終戦を迎えた。だから、小学生時代の大半は戦争のさなかにあったことになる。

あの頃の世の中は、あなたのような若い人には想像もできないと思うけれど、テレビや新聞で報道される現在の北朝鮮の体制とそっくり同じだった。現在の北朝鮮はあの頃の日本の真似をしているような気がしてならない。

天皇は現人神《あらひとがみ》と言って最高の神様になっていた。「神国日本」という言葉をよく聞いたが、日本は天皇を神にいただく国で、国民は天皇陛下の赤子《せきし》、つまり子供とされた。

だから、学校へ行けば真っ先に校門の近くにあった「奉安殿」に最敬礼をした。その中には天皇・皇后の写真と教育勅語が入っていたから。また、授業が始まる前には、全員で起立して東を向いて、先生の「宮城に最敬礼」という掛け声で深々と頭を下げたものだ。宮城というのは天皇が住まっている皇居のことだ。

君たちには想像がつかないだろうけれども、そういう教育の中で、私たちは本気で「天皇陛下は神様」「米英と戦って死ぬことこそ天皇陛下の恩に報いることだ」と思っていた。子供ばかりではない。大半の大人も同じように考えていたのではないかな。

あとになって考えると、天皇が神様ではないと考えていたのは、天皇ご自身と、天皇を神様に祀り上げて政権を維持していた官僚や政治家や軍人だったのではないかな。天皇が神様であることを疑った人もいたとは思うが、そのことを口にした人は検束され投獄された。

あの頃の政治はそのように嘘で固められていた。敵と戦って戦死すれば、その魂は靖国神社へ飛来して神様になると言われていた。それを本気にして戦闘に身を投げ出した人が、私は可哀想でならない。あれはこの国の統治者が権力を維持し、国民を戦争に駆り立てるための嘘だったのだ。私は靖国神社へお参りに行ったことがあったけれど、あそこにはそうやって国民を騙《だま》した張本人も一緒に祀られている。

今でも政治家の中には靖国参拝をする人がいるだろう。「戦争で犠牲になった人にお参りするのはどこの国でもやっていることだ」と言い訳をして。ところがあそこには戦争で多くの国民を犠牲にした張本人も一緒に祀られている。ドイツのヒットラーを祀っているのと同じようなものだ。私は文部科学省の海外視察でドイツへ行ったことがあったけれど、ドイツ人はヒットラーの存在そのものを全面的に否定すると同時に、一時期でもヒットラーに期待をかけていた自分たちを恥じていた。

そのことを自治会の宴会で漏《も》らしたことがあった。そうしたら、自治会長に「あなたはいつ左翼になった？」と非難された。私は左翼でも右翼でもない。ただ本当のことを言ったまでのことだけれど、その言葉を聞いて「日本がまたあの昔の国に戻らなければいいが」と思ったものだ。

そうそう、あなたが聞きたかったのはあの遺骨のことだったね。あれは上の原の開墾に従事した農耕隊の一人のものだ。そのことは新聞の報道のとおりで間違いない。だが、あの遺体について正確な情報を持っているのは私だけだ。

あなたがそれに気づいていたことは、現場で私の顔を睨み付けたあなたを見て分かっていたよ。あなたは若いけれど直感力が優れていて、将来は立派な新聞記者になりそうだ。立派な新聞記者というのは、事実を事実として報道できる記者で、誰かの仕掛けた嘘に踊らされない記者のことだ。私のこれからの話には夢が交じっているかもしれないけれど、嘘はつかないからそのつもりで聞いていただきたい。

私が小学五年生になったばかりの全校集会で、校長先生からこういう話があった。

「このたび学校へ兵隊さんたちが来てくれることになった。兵隊さんたちの居所は雨天体操場とその裏庭だ。畏《おそ》れ多くも……」

そこで校長先生は話を止めて、直立の姿勢になった。すると私たちもいっせいに姿勢を正した。

「畏れ多くも」の次に来る言葉を知っていたからね。

「畏れ多くも天皇陛下のご命令を受けて、国の護りに従う兵隊さんたちだ。みなさんは絶対に兵隊さんの近くに行ってはならない。雨天体操場とその裏庭に入ってはならない」

あの頃は全校集会を開いていたところは講堂、体育の授業をするのは雨天体操場と呼ばれていた。雨天体操場は校舎の西側の隅にあって、その裏庭は桜の木に囲まれた狭い庭になっていた。この二箇所が兵隊さんの生活の場になったのだ。

雨天体操場とその周辺に兵隊さんがたむろしていることは、私もそれとなく感じていたが、校長先生の命令を守ってそこへ近付くことはなかった。私が兵隊さんに遭遇したのは、四月半ばの登校の途中だった。私は隣の飯沼という同級生と一緒に登校していたが、その途中で兵隊さんの隊列に行き会ったのだ。

学校は天竜川を挟んだ河岸段丘の突端にある。この家からは子供の足で三十分ほどかかった。私が飯沼と一緒に学校へ向かっている途中で、前方に大勢の人が隊列をつくってこちらへやってくるのが見えた。

「兵隊さんだぞ。隠れろ」

桑畑の中に隠れていると、兵隊の隊列が砂利道を上の原に向かって進んで来た。よれよれのカーキ色の軍服を着て、肩には新しい唐鍬《とうぐわ》を担《かつ》いでいた。

私は桑の葉の陰から通り過ぎる隊列をじっと観察していた。兵隊の顔は能面のように無表情で、想像していた軍人とはまったく違っていた。軍服の襟に目をやったが、そこには赤い札が貼り付けてあるだけで、階級を示す星の印がなかった。履いている靴も見たことのない爪先《つまさき》の円《まる》い靴だった。

そういう人たちの隊列のところどころに、剣を着けて颯爽《さっそう》と歩いている兵隊が交じっていた。そういう兵隊が私の想像していた軍人の姿だった。目の前を通り過ぎていったのは全部で三百人ほどだったろうか。

「あれが学校へ来た兵隊さんだ。何だか兵隊さんじゃないみたいだな」

飯沼の指摘は私も同感だった。それから二人は駆け足で学校へ向かった。

全校集会の校長先生の忠告は憶えていたが、私と飯沼には兵隊を見たことに誇りの気持ちがあった。それで生徒の間を秘密めかして吹聴して歩いたものだ。

それからの登校時には、毎朝兵隊の隊列に遭遇した。私と飯沼はその都度《つど》、桑畑に隠れて隊列を見送ったが、不思議な人たちだという気持ちを拭《ぬぐ》い去ることができなかった。

隊列の正体を教えてくれたのは養蚕をしていた父だった。桑畑が父の仕事場になっていたから、父も何度か見ていたのだ。

「あれは農耕隊と言って朝鮮の人たちだ。朝鮮から連れて来られて上の原の開墾をしているんだ」

「兵隊さんじゃないの？」

「農耕隊と言うのだから、戦争の代わりに開墾をする兵隊さんだ。中には日本兵も交じっていて、それが農耕隊の指揮をとっているようだ」

その頃には生徒の間で、「雨天体操場にいるのは朝鮮人だ」という噂が広まっていた。日本の上官は旅館に泊まっていたので、そこの息子から出た情報だった。それを耳にした担任の先生が、神妙な顔をして私たちに注意をした。

「あの人たちを朝鮮人と言ってはいけない。朝鮮半島は日本のものになったのだから、あの兵隊さんも日本人だ。だが、本当の日本人と紛らわしいから半島人と言え」

この意味は分かる？　その頃の朝鮮半島は日本が併合して治めていたから、あそこは日本の一部になっていたのだ。だから、農耕隊の人たちを日本に連れてくることに問題はないというのが一般的な考え方だった。

その頃の日本では、日本人が一等民族、半島人は二等民族、中国人は三等民族というのが常識になっていた。子供だった私もその風潮に乗っていた。

そのような中で、私は上の原で開墾をしている二等民族の様子を見ても差し支えないという気持ちになった。子供は好奇心から本気でそのように考えるのだね。

現在の上の原は一面が畑になっていて、ところどころに民家が建っているけれど、当時の上の原はこの集落が人家の行き止まりで、ここから西の中央アルプスまでが赤松の平地林だった。戦争に入って二、三年の間に赤松が伐採されて、そこは赤松の根っこと藪《やぶ》だけの荒地になっていた。農耕隊が開墾に入ったのはその荒地だった。

私は飯沼と一緒に農耕隊の作業の様子を見るために出掛けた。桑畑の途絶えたところから向こうが開墾地になっていて、その境には綱が張られて「立入り禁止」の立札が立っていた。

私と飯沼は桑畑の中に体をひそめて、作業をしている農耕隊の様子を観察した。農耕隊は数人ずつ集団になって、松の根っこを唐鍬で掘り起こしていた。その動作が何とも緩慢で嫌々やっているように見えた。

「こらあ！」

大声で怒鳴っているのは日本兵で、手には鞭《むち》のようなものを持っていた。怒鳴られた半島兵は、怒鳴られた時には急に動き出すが、またすぐに緩慢になった。

私は作業を見て、「松の根っこを取り去って、そのあとを畑にするのだな」と考えていた。私の予想した通りに、五月頃にはそこは一面がサツマイモの畑になった。だが、松の根っこを掘り出すことにも目的があったのだね。

あの掘り出した松の根っこは、天竜川近くの製材工場に運ばれて、そこで乾溜されていたのだ。そのようにして採れる油を松根油と言っていたが、その工場も人を近づけなかったので、噂を聞いて知っただけだ。

私と飯沼は開墾の様子を何度も見に行った。それだけでは満足しないで、農耕隊の寝泊りしている雨天体操場へ偵察に行くことになった。そこは昼間は無人になっていて、誰にも咎められないことに気がついたからね。

私と飯沼は昼休みに雨天体操場へ忍び込んだ。中に入るとムッと変な臭いがした。あれはニンニクの臭いだったのだね。体操場の隅には布団が折り畳んで積んであった。そういうところを見て回っていると、飯沼が「あっ」と声を上げた。

「床の板の隙間《すきま》を見てみろ」

昔の建物のことだから床板に二ミリほどの隙間があって、そこには白いご飯粒のようなものがびっしり詰まっていた。

「虱《しらみ》の卵だ」

その頃には家でも虱が発生して困っていたから、その白いものには見覚えがあった。だが、これだけ大量の虱の卵を見るのは初めてだった。私たちはそれで体操場から逃げ帰ったが、半島人の兵隊の生活の様子を垣間見た思いがした。

その時に窓越しに見えた裏庭には、数基の竈《かまど》が築かれてその上に大釜が載せられてあった。私は「あそこでご飯を炊いているのだな」と思ったが、米のご飯を炊いていたかどうかは怪しい。その頃には白い米飯は貴重で、農家の私たちも日常的には食べられなかったから。

学校から帰る途中で、突然半鐘が鳴り出したことがあった。その頃にはこのあたりにもアメリカの爆撃機のＢ29が現れることがあったので、空襲かと思って空を見上げたが、空には飛行機の影がなかった。急いで家に帰ると、父が消防着で出かけるところだった。

「非常招集だ。何があったのか分からん」

父はそう言って慌《あわ》てて出かけて行った。一時間ほどして帰ってきた父は、疲れた声を出して言った。

「農耕隊の半島兵が逃げ出したので捜し歩いた。そうしたら山際の藪の中に隠れていた」

「どうして逃げたの？」

「仕事がきつかったのだろう。ろくに食べていないから、食べ物を探しに出たのかもしれない」

私は作業をしている半島兵の姿を思い浮かべて、「腹が減っていたのかもしれないな」と思った。

その翌日に学校で奇妙な噂が出回った。

「農耕隊の一人が雨天体操場の裏庭の木に縛《しば》り付けられている」

その頃には昼間の体操場が無人になっていることは子供の間で知れ渡っていたので、男の子たちが次々に偵察に出かけた。

私も飯沼と一緒に偵察に行って、体操場の窓から裏庭を覗《のぞ》いた。裏庭の桜の木に縛り付けられていたのは、よれよれの軍服を着た半島兵の一人だった。

「あれが昨日逃げた兵隊だな」

「死んでいるのじゃないか」

半島兵は体を綱でぐるぐる巻かれて、木の幹に縛り付けられていた。首がだらりと垂れていたから、死んでいるのかもしれないと囁《ささや》き合っていた時に、半島兵が首をちょっと捻《ひね》ってこちらを見た。私たちは「わあっ」と叫んで体操場から逃げ帰った。

その頃は地主のような裕福な家以外には風呂がなかった。それで私は一週間に一度の割合で銭湯に出かけた。銭湯は天竜川沿いの街の中にあったから、往復の時間だけでも一時間かかった。

その日の私は二歳下の弟を連れて銭湯に出かけた。ところが、銭湯の前の道路には農耕隊の人たちが行列をつくって蹲《うずくま》っていた。それを三人の日本兵が立って監視していた。私と弟が近付くと日本兵が大声で言った。

「今日は風呂はだめだ。入るなら九時過ぎに来い」

私と弟はその剣幕に押されて引き下がった。すると通りかかったおばさんが小声で教えてくれた。

「今日は金曜日だから農耕隊の人が風呂に入る日なのよ。あのように並んでいて、十分交代で四十人ずつ風呂に入るんだって。全部の人が入り終わると風呂のお湯を抜いて、また新しく焚き直すから、夜の九時にならなければ一般の人は入れない」

私の頭に残っているのは「十分交代」という言葉だ。十分では体を洗う暇もあるまいと思ったのだ。

それからは金曜日に銭湯へ行くのは避けたが、私の頭にはときどき農耕隊の兵士の疲れたような姿が浮かんだ。同時に頭に浮かぶのは、徴兵で戦地に行っている私の叔父のことだった。

「叔父は戦地でどういう生活をしているのか」

それが私の心配だった。戦っている日本兵も、あるいはあの半島兵のような生活を強いられているかもしれないと思ったのだ。

新聞では日本が有利に戦いを進めているという記事が連日掲載されていたが、爆撃機のB29がこの空を通過することが頻繁になった。爆撃こそなかったけれど、悠々と低空を通過する爆撃機を見上げていると、戦況が思わしくないことは私にも感じられた。「本土決戦」「一億玉砕」という言葉を聞いたのもその頃だ。

「米兵が上陸して来たら、竹槍で米兵一人を突き刺して殺せ。その頃には神風が吹いて日本が勝つ」

学校では先生にそう言い聞かせられた。それを疑う子はいなかったのだから、完全にマインドコントロールされていたのだね。

梅雨が明けた頃には、上の原の半分は農地になって、見たことのない大きな畝《うね》ができていた。そこにはサツマイモの蔓《つる》が地面を覆っていた。農耕隊の作業場は私と飯沼の隠れている桑畑からしだいに遠くへ離れていった。その頃には半島兵の脱走が時々あって、そのたびに半鐘が鳴って消防団が探索のために出動していた。

「脱走しても朝鮮半島まで海を渡って逃げられるわけではないのに。脱走兵にはあとで厳しい制裁があるようだ。見せしめのために殺されるのかもしれない。生まれ故郷から遠く離れて異国の地で殺されるのは可哀想だな」

父がそう言ったことがあった。私も同じことを思っていた。脱走兵を戦地の叔父に重ねて、「早く神風が吹いて戦争が終わってくれないかなあ」と願ったものだ。

梅雨明けの頃に大変なことが起こった。私の家の周りは一面が養蚕用の桑畑になっていた。私が学校から帰ると、その桑畑の中にごそごそと動くものを発見した。恐る恐る近付いてみると、そこには一人の半島兵が身をかがめて、怯《おび》えた眼で私を見ていた。

「助けて」

半島兵は手を合わせて私に言った。少年のような若い男だった。因《ちな》みにあの頃には朝鮮半島の学校では日本語教育が行われていたので、半島人も片言の日本語をしゃべることができたのだ。

「助けて」と言われても、子供の私にはどうしていいか分からない。だが、その顔を見ていると可哀想になって、慌てて家の中へ駆け込んだ。家には祖母が食事の支度をしていた。

「庭に農耕隊の人がいる」

私がそのように告げると、祖母は一瞬棒立ちになったが、それから無言で庭へ出て行った。半島兵は怯えた目でこちらを見て、拝むように手を合わせていた。すると祖母は周りをぐるっと見回してから、半島兵に手招きをしたではないか。

情に厚かった祖母は、「可哀想に」という気持ちだったのだろう。祖母は半島兵を二階に連れて行って、蚕室を通り抜けて隅の小部屋へ入れた。私は複雑な気持ちであとをつけていった。

その時の私には、「これがばれると大変なことになる」という気持ちと、「いかにもおばあちゃんらしい」という気持ちが交じっていた。

「熱があるじゃないの。薬を持ってくるからここで寝ていなさい」

蚕室の隅の小部屋というのは、蚕の世話の合間の休憩のために設けてあったものだ。そこには布団も用意してあったから、隠れ場所としては最適だった。

やがて消防団から帰った父が、祖母の話を聞いて、「おおっ」と仰天《ぎょうてん》の声を上げた。それまで捜し歩いた脱走兵が自分の家にいたのだから。そのあとで渋い顔をしていた父は困り果てていたのだろうな。

二階の小部屋へ駆け上がって脱走兵の前に立った父は、その顔をじっと見つめて動かなかった。やがて父が呟《つぶや》いたのは、「体の具合が悪いのだな」ということだった。

「どうして逃げたのだ?」

それは私も抱いていた疑問だった。半島兵からは蚊の鳴くような声が返った。

「腹が減って……」

「何か食べるものを持って来てやれ」

父は私に言いつけておいて、じっと半島兵を見つめていた。私が階段を駆け下りると、母が桑の葉を入れた籠《かご》を背負って帰ったところだった。

「何があったの」

「何か食べるものある?」

私が母に訊《き》いている時に、祖母が台所から蒸かしたサツマイモを一本持って出てきた。それを私に渡して「これを」と言った。

それからあとは想像がつくだろう? このようにして脱走兵を匿《かくま》ってしまったからには、それを役所にも農耕隊にも知らせるわけにはいかなくなった。そうすれば父が罰せられることになるのだから。その頃の私の家族は祖母、両親、それに私と弟の五人だったが、二階に寝ている脱走兵のことは絶対の秘密だった。

その脱走兵は「孫」という苗字だったが、名前は忘れた。日本名は「小林」と言っていた。日本へ連れて来られる時に、日本名に変えるように強制されたのだ。孫は熱が下がらないで唸《うな》っていたが、医者を呼ぶわけにはいかなかった。それで富山の売薬を飲ませていたけれど、いっこうに治る気配はなかった。

子供の頃に好奇心が旺盛だった私のことだから、孫の枕元へ行って会話を交わすことがあった。そこで分かったことは、孫の年齢は十九歳で、京城（ソウル）近くの農村に住んでいたということだった。そこへ赤紙（召集令状）が来て、大勢の仲間と一緒に貨物列車に乗せられた。

列車は平壌《ピョンヤン》へ向かっているとばかり思っていたら、反対方向の釜山《プサン》へ運ばれていることが途中で分かった。ということは船によって日本へ送られるということだった。それに気づいて列車から飛び降りた人もいた。船に乗せられて日本に着いて、また貨物列車で運ばれてここまで来たということだった。

「ここはどこか？」

孫が訊くので私は地図を見せて説明をした。孫は涙を流しながら聞いていた。忘れられないのは孫の妹についての話だ。孫は涙を流しながらこう言った。

「自分と三つ違いの妹がいるが、その妹は日本兵に連れていかれた。高等科を卒業する時に、生徒を身長順に並べて、背の高い人を何人か連れて行った。妹はその中に入っていたので、今頃は日本兵の相手をしていると思う」

「兵隊と何の相手をするの？」

今の小学五年生であれば何をするのか分かるだろうが、私は孫の説明を聞いても疑問を深めるだけだった。従軍慰安婦のことが問題になっているだろう？　孫の話をこの問題に結び付けるのは誤りかもしれないが、終戦の時に関係書類は焼却してしまってあるのだから、証拠を探すのは困難だろうな。

農耕隊と同じように、私のような関係者の記憶にとどまっているだけだ。

その頃の私の心配は小学三年生の弟のことだった。おしゃべりの弟が、二階に匿っている孫のことを友達に漏らすのではないかと心配したのだ。

「誰かにこのことを言うと、憲兵がやって来てお父さんが連れていかれる。そして牢屋に入れられる。絶対に秘密だぞ」

私は弟にそれを何度も言い聞かせた。これは脅しではなかった。あなたには想像がつかないかもしれないが、それがあの当時の日本の実情だった。

私は学校から帰ると二階の部屋へ直行した。孫は眠っていることが多かったが、私を見ると薄目を開いてニッコリとした。

「具合はどう?」

私が尋ねると「うん」と弱々しく頷《うなず》くだけだった。病気が進行していることは分かっていたけれど、医者を呼ぶわけにはいかないので、何の病気なのか分からなかった。祖母の心づくしの食事も残すことが多くなった。

ある時、孫が私に言ったことがあった。「長い夢を見ていた」というのだ。

「どういう夢?」

「妹と一緒に野原を歩いていた。足元には一面に花が咲いていた。そして遠くの山には虹が出ていた」

その情景は私にも想像できた。孫が夢に見ていたのは、朝鮮半島の景色なのだろう。続けて孫が言ったのは、私の度肝を抜く言葉であった。

「その時に空から紙切れが舞い落ちてきた。それを拾って開いてみると『日本が負けた』と書いてあった」

私には次の言葉がなかった。学校では先生が「今に神風が吹いて日本が勝つ」と聞かされていたが、その頃には空の低いところをB29が平然と通り過ぎていった。操縦士の影も見えた。子供の間で「高射砲で撃ち落とせばいいのに。日本の軍隊はどうしているのだ」という言葉が囁かれることがあった。

八月に入ったばかりの暑い日のことだ。私が学校から帰って二階へ行くと、部屋から孫の姿が消えていた。その時に私が思ったのは、「また逃げたか」ということだった。二階から降りて縫い物をしていた祖母に「孫はどこへいったの?」と訊くと、祖母は黙って首を横に振っただけだった。

私に直感がはたらいて外へ飛び出した。桑畑の中を捜し歩いていると、馬渕川の上の桑畑から父の声が聞こえた。途切れ途切れに母の声も聞こえた。

私が桑の木の間を潜《くぐ》って近付くと、母が私を見て「あっ」と声を上げた。近寄って見ると地面に深い穴が掘られて、その中には孫が目を閉じて仰向《あおむ》けに横たわっていた。私はそれを見て一切の事情を了解した。父が手を休めて私に厳しい声で言った。

「病気で亡くなった。それでここに埋めるが誰にも言うんじゃないぞ。分かっているな」

「うん」

私は呆然《ぼうぜん》と立ち尽くしていた。父と母はシャベルで土を崩して穴を埋めていった。孫の姿が土に隠れて見えなくなった。

これでお分かりだろう。地滑りで出た遺骨は孫のものだった。あれは役所の許可は得ていないが、実質は埋葬であって死体遺棄ではない。その証拠にあの上には大きな石を置いて墓石の代わりにしたのだったから。地滑りの時には、私はその墓石を探し回ったが見つからなかった。

あれから七十何年が経ったけれど、私は孫のことを忘れたことはない。戦後になって養蚕業が成り立たなくなって、あそこではビールに使うホップを栽培していたが、それも採算が合わなくて、そのあとは荒地になっていた。あそこが地滑りを起こすとは、私は想像もしていなかった。

あの遺骨の顛末《てんまつ》を知っているのは私だけだ。祖母も両親もとうに亡くなっているから。弟は戦後間もなく肺結核に罹《かか》って治療の甲斐《かい》なく死んだ。その時に私は考えたものだ。孫の病気は肺結核で、それが弟に移ったのではないかと。

そうそう、農耕隊のその後のことを話してなかったね。終戦と同時に農耕隊は解体されたけれど、そのあとが惨《みじ》めだったと聞いている。農耕隊を統括していたのは、軍医と一緒に旅館で暮らしていた少尉だった。そいつは終戦と同時にいち早く郷里の四国へ逃げ帰った。学校の全校集会で胸を張って立派なことを言っていたのに、何とも卑怯《ひきょう》なものだね。

農耕隊の後始末をしたのは、一人の軍曹だったということだ。軍曹はあちこちと連絡をとって、苦労して農耕隊の人たちを博多へ送り届けた。博多からは朝鮮の釜山へ出る船があったからね。だが、その船も米軍が仕掛けてあった魚雷に触れて沈没したのがあったというから、全員が無事に郷里へ帰ったかどうかは分からない。悲しいことだね。

あなたは天野さんと言ったね。あなたの年代の人は戦争の体験がないから、戦争というものを軽く見ているのじゃないかな。子供の頃の私の戦争体験は、スマトラで戦死した叔父とは比べようがないけれど、戦争というのは間違いなく人間の殺し合いだからね。

私は上杉謙信とか武田信玄とか、戦国時代のドラマを見ていると、殺人を正当化しているような気がして腹が立って仕方がない。謙信や信玄が互いに殺し合うのは構わない。けれど実際に殺し合うのは動員を受けた農民たちだ。その戦争の被害は女や子供にまで及んでいる。農耕隊の人たちには何の責任もないのに、異郷の地へ強制的に連行されて、結果は孫のように骨になって埋められた。

「人類は古くから戦争をしなかった時代はない」と書いてあるのを本で読んだことがあったけれど、動物の中で最も知恵のあるのが人類なのだから、その知恵によって戦争を避けることが出来ると私は考えている。あなたは若いのだから、新聞記者としてその一翼を担《にな》って頑張っていただきたい。

猪股老人はコップを持って残りのジュースを口に流し込んだ。順一もコップを持ち上げたが、ジュースは一滴も残っていなかった。

「猪股さんの記憶力は凄《すご》いものですね」

「高校に勤めていたから、どちらかと言うと記憶は得意な方だ」

猪股老人は口を開けて笑った。

「ただし、専門は歴史ではなくて数学の教師だったけれど。思い出すままに話したのだが、私の話は記事になりそうかな?」

「それはもう……」

順一は言葉を濁した。猪股の話を採用するかどうかは、自分一人では判断できないことだったからだ。

「おい」猪股がまた家の中に声をかけた。「もう一杯頼む」

「はあい」

奥さんが持ってきたのは、今度は熱い緑茶であった。

「冷たいジュースは終わったわ。暑い時には熱いお茶がいいというからこれにしたわ」

順一は猪股と一緒にお茶を啜《すす》った。お茶を啜りながら猪股老人の話が続いた。

「農耕隊が引き揚げたあとには、サツマイモの畑が残った。そして収穫期を迎えた頃に役所から連絡があった。サツマイモは自由に掘って持ち帰っていいと」

「猪股さんはそのサツマイモを食べたのですか?」

「あれは不味《まず》くて食べられなかった。赤色のハツカネズミのような小さなサツマイモで、あれは食用ではなかったのだ。飛行機の燃料を作るために栽培したのだそうだ。松根油と同じことだったのだね。日本は各国から燃料の封鎖を受けて、飛行機を飛ばす油がなくなっていた。それでそういう姑息なことを考えたのだろうが、そんな油で飛行機が飛ぶはずはない」

「戦争は人間から平常心を奪うものなのですね」

頭の上を見上げると、ヤマボウシの白い花が一面に広がっていた。順一が猪股老人の話を聞きながら気にかけていたのは、ノートの紙面にチラチラと影を落としていたヤマボウシの花であった。順一にはそれが農耕隊の人たちの魂のように感じられてならなかった。

二つの開拓 ——満蒙開拓の悲劇——

三沢リンゴ園は中央アルプスの麓に広がる傾斜地にある。そこには三十戸ほどのリンゴ農家があって、ここで収穫されるリンゴは美川リンゴと呼ばれている。美川リンゴは甘味が強くてサクサクしていることで有名である。

支局でお茶を飲みながら美川リンゴを食べている時に、支局長から天野順一に話があった。

「美川リンゴの味は格別だ。あそこを開拓して本格的にリンゴ栽培を始めた果樹園の一つが、これを作った三沢リンゴ園だ。天野君は開拓のことに興味があるようだから三沢リンゴ園へ行って、あそこの光江というおばあさんに開拓の事情などを聞いて来るといい」

「遠いのですか？」

「車で四十分ほどかな。取材のついでにリンゴを三箱買って来てくれ。二箱は私の知り合いに贈って、あとの一箱はここでみんなで食べる。三沢リンゴ園には私から電話を入れておくから」

翌日に順一が三沢リンゴ園を訪れた時には、赤い実をつけたリンゴの木に囲まれた家の前庭で、リンゴの選別と箱詰めの作業の最中だった。作業をしているのは当主の三沢照彦と恵美の夫婦、それに一昨年結婚した息子の文彦と佐江夫婦の四人だった。そこへ順一が顔を出すと、いっせいに「あっ」

という声が上がった。当主の照彦が威勢よく立ち上がって言った。

「いらっしゃい。伊那支局長さんから連絡をいただいております。そろそろ天野さんが見える頃じゃないかと噂をしていたところでした。噂をすれば何とやらですね。一休みするところですからそこへお掛けください」

順一は庭先に置かれたテーブルの椅子に腰を掛けた。目の前には赤く熟れたリンゴが垂れ下がって、その向こうには南アルプスの山々が峰を連ねている。順一は別世界に入ったような気分で周りを見回していた。

「今年のリンゴの味見をしてみてください。おい……」

照彦が後ろにいる妻の恵美に声をかけた。

「リンゴの皮を剥いて割ってくれ。おれたちの分も一緒だ」

家族の四人が順一を取り巻いた。恵美がリンゴの皮を剥いて、嫁の佐江が手早くお茶の用意をした。

「美味しい。やっぱり美川リンゴの味だ」

順一が出されたリンゴを褒めると、息子の文彦が説明した。

「今年のリンゴは小粒だけれど、糖度計で測ったら糖度がいつもの年より高いんです。甘いでしょう?」

リンゴの皮を剥いていた恵美が順一の顔に視線を当てて言った。

「新聞社の方がここへお見えになるようになってもう三年になるわね」

「今年は新人の僕がお伺いしました。ここの美川リンゴの評判は上々ですよ。甘くて美味しいということで」

「そう言っていただけば張り合いが出るなあ」と照彦が続けた。

「このリンゴの品種はフジだけれど、もっと甘味の強い品種の開発も手掛けています。来年にはそれが実を結ぶと思うので、来年は天野さんに試食をしていただきたいものですね」

「それは楽しみですね」

順一はそう言ってここへ来た目的をさり気なく口にした。

「ここでリンゴの栽培を始めたのはいつからでした？」

リンゴを口に当てていた照彦の手が、一瞬止まったようだった。不審に思って照彦の顔を見ると、照彦は「それは……」と言って慎重な口調になった。

「おれが物心ついた時には、家の周りにはリンゴの木があった。リンゴの栽培は父と母が始めたものでした。実家はここを南に下った坂村だったけれど、そこからここへ移ってリンゴの栽培を始めたのでした。このあたり一帯は朝鮮から来た農耕隊が開墾していたのですが、終戦で帰国したので放置されていたのです」

「ここにも農耕隊が入っていたのですか」

「終戦の直前に朝鮮半島から若者を連れて来て、ここを開墾させてサツマイモを作っていたのだそうです。その人たちが終戦で朝鮮へ帰ったので、代わって私の両親がここへ入ったのでした」

そこへ恵美が口を挟んだ。

「リンゴ栽培を始めたおじいちゃんは亡くなったけれど、光江おばあちゃんは去年まではリンゴの箱詰めの手伝いをしてくれていました。でも今年になってからはあまり外に出なくなりました。腰を痛めて奥の部屋にいます」

照彦が恵美の言葉を引き取って言った。

「光江おばあちゃんは子供の頃を満州で過ごして、終戦の時に母親と一緒にこちらへ引き揚げて来ました。弟が一人いたけれど、引き揚げる途中で亡くなったということです。父親はソ連に抑留されてシベリアで働いていたけれど、終戦の三年後に日本へ帰ることができました。それで坂村の実家へ帰ったのですが、事情があって家族でここへ移って来たということです」

「それなら家族で満蒙開拓団に入っていたのですね」

「満蒙開拓団をご存知なのですね。家族で満州へ渡って終戦で日本へ帰って来たのでした。おばあちゃんはその時には小学校の六年生だったということです」

照彦がそこまで話した時に、玄関の戸が開いて杖を手にした光江おばあさんが姿を現した。順一は立ち上がって挨拶をした。

「お邪魔しています」

「どうぞ、そのままで……」

光江おばあさんは杖を突きながらゆっくりとテーブルに近づいた。恵美が小屋の中から椅子を持って来て、「おばあちゃんはここへ」と順一と向き合う場所に座らせた。佐江はお茶を淹《い》れた茶碗をおばあさんの前に差し出した。

椅子に腰掛けて胸を反らしたおばあさんは、皺《しわ》のある顔を順一に向けて言った。

「私は腰を痛めているけれど、話をするのは差し支えないからね」

「腰が痛むのですか？」

「たいしたことはない。痛むのは心だよ。玄関で話を聞いていたけれど、リンゴ園の昔の話が出たでしょう？　あれを聞くと私の心が痛むのよ」

光江おばあさんは皺の寄った顔を歪《ゆが》めながら続けた。

「新聞社の支局長さんから連絡があったわ。天野さんは新聞記者でしたね。三沢リンゴ園の成り立ちについて私の話を聞いてくれる？」

順一が「ええ」と頷《うなず》くと、光江おばあさんはそれから時間をかけてお茶を啜っていた。家族も無言でおばあさんの話を待った。順一はその間にポケットの小型ボイスレコーダーのスイッチを入れた。

「奥の部屋に一人でいると、昔のことがいろいろと思い出されてね。天野さんにはそれを聞いてもらうことにするわ」

光江おばあさんは自分の言葉に「うん、うん」と頷きながら話し始めた。視線は順一の顔に当てられていたが、その眼の様子から見つめているのは自分の心の中のようだった。


――子供の頃の私の最初の記憶は、坂村の本家の二階で飼われていた蚕のことだった。蚕が桑の葉を食む時のザアザアという音は、今でも私の耳に焼き付いているわ。あの二階の隅には六畳の畳の部屋があって、その部屋で私は両親と弟と一緒に寝起きしていた。

一階には部屋がいくつもあって、そこが三沢の本家の生活の場になっていた。祖父母、伯父夫婦、それに子供が二人。それは賑やかなものだったね。食事の時には私たちも本家と一緒だったけれど、二階を借りている分家だったから肩身の狭い思いをしていたの。

分家の役割は養蚕でした。蚕の飼育は一年間に春蚕、夏蚕、秋蚕、晩秋蚕の四回があって、それはそれは忙しかった。特に桑畑から桑の葉を籠に入れて背負って来て、二階の蚕室へ持ち上げて蚕に与える仕事は大変だった。私も小学校の一年生の頃から一人前の働き手になっていた。

蚕が成長して繭《まゆ》になると、それを袋に詰めて業者に売るのだけれど、その頃から繭の値段が暴落してね。それで両親が愚痴をこぼしたのを憶えている。

「養蚕はもうだめだ」

「繭で作った絹織物を外国が買ってくれなくなったものね」

私が小学二年生になった頃に、村では「満蒙開拓」という言葉をしきりに聞くようになった。満州に渡って坂村の分村をつくるというのだね。私には何のことかよく分からなかったけれど、夕飯の時に祖父がこう言ったことがあったのよ。

「これでは蚕を育てても収入にはならない。おまえたちも家族で満州へ渡ってみたらどうだ？」

それには父は気が進まない様子でした。

「あちらへ行ってもどのような生活になるか分からないからなあ」

「あちらへ行けばどの家にも広い土地が支給されるということだ。そうすれば農業は思いのままだ。坂村では五十人ほどの移民を県から求められていると聞いている。そこで満州の地に第二の坂村をつくるのだそうだ」

私はその会話を夢のような思いで聞いていたね。学校でも満州の話を先生に聞いていたから。

「満州では大きな赤い夕日が地平線に沈む。満州はここと違って空が広いから、それは美しい景色だそうだ」

祖父はそれから軍歌を歌ってみせてくれた。祖父は軍歌を歌うのが得意だったからね。

「……ここはお国の何百里、離れて遠き満州の、赤い夕日に照らされて、友は野末の石の下……」

その頃から日常的に「満蒙開拓団」という言葉を聞くようになった。

「どこそこの家では満蒙開拓団へ参加を決めたのだそうだ」

「村長が満蒙開拓を勧めるために村を回って歩いている」というように。

村長が坂村の家を訪れたことがあった。私は直接会ってはいなかったけれど、夕飯の時にそれが話題になった。その時の村長の話を家族に伝えたのは祖父だった。祖父はもうその気になっていたようだった。

「満州へ行けば現地の満州人を使って農業ができるそうだ。向こうには日本人の学校が出来るから子供の教育も心配がない。背後には関東軍が控えているから生活に不安はないと聞いた」

父は祖父に「考えてみる」と返事をしたのだったけれど、聞いていた私は「土地と空が広い満州もいいな」と考えていた。その夜には二階の部屋で、家族で額を突き合わせて相談したのよ。私と弟は満州へ渡ることに心を動かしていたけれど父と母は慎重だった。

それで父が役場へ出向いて満州の事情を聞きに行った。そのことで役場の職員には、父が満州へ渡ることを承諾したのだと決め付けられてしまった。そうなれば断るわけにはいかなくなった。

私が小学二年生の時の夏に、私の家族は満蒙開拓団に入って村を離れることになった。出発の時に小学校の校庭に集まった開拓団が二十家族で約五十人。見送りの人たちはその二倍でした。見送りの人たちはそれぞれに日の丸の旗を手に持って、「君が代」を歌って私たちを送り出してくれたわ。

その時の村長の挨拶に、「お国のため」という言葉が何度も出てきたことを憶えている。それを聞いて私は戦地へ赴く戦士のような気持ちになった。

そこで光江おばあさんの声が止まった。お茶を一口飲んだ光江おばあさんは、喉が詰まったような咳をした。佐江がおばあさんの背中をさすって言った。

「おばあちゃん、大丈夫?」

「大丈夫。満州のことを思い出したら胸が詰まってしまってね」

それから順一の顔を見て口調を改めた。

「満州の開拓団の生活については、『証言それぞれの記憶』という本に出ている。ここの南の阿智村に『満蒙開拓団平和記念館』というのがあってね。あれが出来た時に、私は照彦の車に乗せてもらって見学に行った。記念館は見学者でいっぱいだったわ。そこで『証言それぞれの記憶』を六冊買って知り合いに配った。まだ二冊残っているから一冊を天野さんに差し上げよう。佐江、あれを持って来て」

「おばあちゃんの部屋の本棚だね」

佐江が立ち上がって玄関へ入って行った。光江おばあさんは「上の棚にあるからね」と声をかけて、再び視線を順一の顔に当てた。

――あの本には何人かが当時の記憶をありのままに語ったことが書いてある。あれを読めば満州での生活、とりわけ終戦によって日本へ逃げ帰る時の様子がよく分かるわ。それは悲惨なものよ。

開拓団というのは名目で、日本人が満州人の土地や家を横取りしたのよ。その仕返しに、終戦になると満州人によって多くの日本人が殺された。ソ連兵が戦車でやって来て日本の女性に暴行を加えたり殺したりした。行き場を失った日本人があちこちで集団自決をしている。大勢の人が病死や飢死をしたことなどが赤裸々に書かれているわ。

開拓団は二十七万人と言われているけれど、そのうちの八万人が満州で亡くなったのよ。国の移民政策によって満州へ渡った開拓団だったのだけれど、あれは食糧不足を解決するための棄民政策だったのだと思うわ。それに狭い日本の国土を広げるための政策だったのかもね。

そういう状況の中で、私が生きて日本に帰れたのには訳があった。それをこれから話そうと思うけれど、『証言それぞれの記憶』だけはぜひ読んでみていただきたい。私の体験などは生易しいものだったことが分かるから。

その時に家の中から戻って来た佐江が、薄い冊子を順一に手渡して「これを……」と言った。
表紙には「証言それぞれの記憶」という文字があった。順一はそれを手に持って光江おばあさんに顔を向けた。光江おばあさんは顔を綻《ほころ》ばせて、「その本だよ」と頷いた。「それだけは絶対に読んでね」

――満州には坂村の分村というのができたけれど、人口が少なかったから隣り合っていた泉村、山口村、木塚村と一緒に一つの郡のようになっていた。

開拓団という名前だったけれど、あれは本当の開拓団ではなかったのよ。現地の満州人――今は中国人になっているけれど、あの頃は満州人と言っていたからそのまま使うからね。その満州人の土地や家を横取りして、そのうえに満州人を使って耕作をしていたもの。使われる満州人のことをクーリー（苦力）と言っていた。開拓団の人は日本では小作農や小さな自作農の人が多かったから、あちらへ渡って地主になったようなものだった。

苦力にとっては、主人の地主が満州人から日本人に代わったようなものだったのだろうね。追い出された地主はどこへ行ったのか、私は疑問に思ったことがあったけれど、一年、二年と経つうちにそのことは頭から消えていた。

後になって考えると、匪賊《ひぞく》と言って日本人が恐れていた武装集団には、そういう地主も入っていたのではない？　日本が負けたあとの匪賊の攻撃は凄《すご》かったそうで、匪賊に殺された日本人は大勢いたと聞いている。それは日本人への復讐だったのね。

そういうなかで私の家族は幸運に恵まれていたとしか言い様がない。それというのも母のお陰だった。母は家の中にじっとしていることができない人だった。それで月に一度は列車で町へ出て、衣類やその他の日常雑貨を仕入れて、それを村の人に売っていたのよ。

そういうわけで母は社会の情勢に明るかった。終戦の前に町から帰った母は、家族を集めて「これから日本へ帰る」と言い出した。

「このままでは日本は戦争に負ける。軍人の多くは南方へ移動して、満州にいた軍人は空《から》っぽになっている。ソ連軍が満州へ攻めて来るという噂もある。日本の会社も満州から引き揚げを始めていると聞いた」

これには日本の勝利を信じている父が反対したので、帰国のことはそのままになって日が過ぎた。そういう時に十七歳から四十五歳までの男は、軍隊へ取られるという噂が流れた。

それを耳にした父は「おまえたちはすぐに日本へ帰ったほうがいい。おれのことは心配するな」と言った。この一言で私たちは金目のものを持って急いで列車に乗った。それから列車を乗り継いで天津に着いて、そこの港から船に乗ったのよ。

こういう話を聞くと、私の家族には何も被害がなかったように聞こえるわね。ところが船の中で弟の隆が突然苦しみ出した。船医に診てもらうと腸チフスということで、私たちとは別室へ隔離されてしまった。

博多に着いて下船した時には、弟の隆は遺体になっていた。隆は小学三年生で腕白盛りの元気な子だったのに。隆の遺体は博多で降ろすとすぐに荼毘に付された。

日本が戦争に負けたことを知ったのは、博多の火葬場にいた時だった。広島と長崎に新型の爆弾が落ちて、街が全滅したという噂も伝わっていた。

そのような噂で持ち切りの列車の中で、私は母の胸に抱かれた隆の遺骨の箱を見ながら涙を流していた。そして「日本はこれからどうなるのだろう」と思い続けていたのだった。

ここで一息入れよう。佐江、私にもリンゴを一切れ頂戴。話の続きはこれを食べてからにするからね。

――博多から列車を乗り継いで、豊橋から飯田線の電車に乗った。信州に入ると左右から山が迫って、ここは満州とは風土がまったく違うと思ったね。

やがて南アルプスと中央アルプスに挟まれた盆地に出て、小さな駅で下車した時にはあたりは暗くなり始めていた。

駅から歩いて三十分、見覚えのある集落が現れて、どの家からも薄い灯かりが漏れていた。それを見た時には「ああ、ここが私のふるさとだった」と懐かしく思ったものだよ。

家に着いて玄関から土間に入った時には、土間に続く居間で、伯父の家族が囲炉裏を囲んで夕食の最中だった。土間に幽霊のように立っている私と母の姿を発見したのは伯母だった。

「駒江と光江じゃない？」

「ただいま帰って来ました」

母の一言で強張った眼がいっせいに私と母に向けられた。

「まあ、上がってここへ座れ」

伯父のガラガラ声だった。その声は父の声によく似ていたね。

囲炉裏の周りには、見覚えのある顔が並んでいた。祖父母が相次いで亡くなったことは満州へ届いた手紙で知っていた。伯父と伯母は昔と変わっていなかったけれど、従兄の健太は大人びた顔になっていたし、私と同級生だった美佳には昔の可愛い面影が消えていた。

その時に五人の視線が母に抱かれた白木の箱に向けられた。

「それはどうした?」と伯父が言った。

「隆が帰りの船で病気になって亡くなって……」

「そうか……」

伯父は白木の箱に向かって手を合わせた。

「それなら隆文はどうした?」

隆文というのは私の父のことで、伯父の弟に当たる。

「向こうで軍隊に行くために残った。そのあとは分からない」

しばらく無言のまま時間が流れた。何から聞いたらいいか、何から話せばいいか、お互いに分からなかったのね。伯母がご飯と味噌汁を私と母の前に置いてくれた。

「腹が減っているでしょう。これを食べながら話を……」

私は出された食事をガツガツと食べた。母は落ち着いた声で帰国の事情を話していた。話の途中で何度か伯父の質問の矢が飛んだ。

「満州の関東軍はどうしているのだ?」

「大半が南方や沖縄へ移動したと聞いている」

「ソ連兵が満州へ入って来たと聞いているが……」

「私たちはその前に逃げ出したので、ソ連兵は見ていない」

このような会話を聞いていると、満州の事情はある程度は本土に伝わっていたのね。あとになって知ったことだけれど、敗戦を知って真っ先に日本へ引き揚げたのは、満州に残っていた軍隊の幹部だったというから呆《あき》れるね。

この日は遅くまで満州の話が続いた。寝る時間になった時に私と母がどこで寝るかが問題になったのよ。私は二階の六畳の部屋を考えていたのだけれど、そこは中学生の従兄の健太の勉強部屋になっていた。

「今夜は疲れているから座敷で寝るがいい。明日からは繭を保管していた小屋を使うがいい。あそこは床が張ってあるし、軒下を使えば食事の煮炊きができる」

この伯父の一言で、私と母のその後の生活が決まったのだった。満州から帰った私たちは、以前と同じに分家扱いだった。最近は本家、分家という言葉はあまり聞かなくなったけれど、あの時代は分家は本家の手下のようなものだったからね。

繭の小屋というのは、蚕の繭を袋に入れて貯蔵しておく小屋だった。私たちが留守の間に養蚕は中止されて、そこは空き部屋になっていた。こうして私と母は、本家とは食事も就寝も別の生活を送ることになったのよ。

その翌日に私は母に連れられて村役場へ帰国の報告に行った。役場で母が「満州から帰って来ました」と報告すると、役場の職員の眼が一斉に私たちに向けられた。

「一緒だった人たちはどうした？」中央にいる年配の人が怖い顔で言った。

「私たちは一足先に帰りました」

「どうして一緒に帰らなかったのだ？」

「みんなからはぐれてしまって……」

母が嘘をつくのを私は隣に立って聞いていた。

「村の人はこれからだんだんに帰って来ると思います」

母はそう言ってから、「この子の学校のことですが……」と口調を改めた。

役場の職員が転校の手続きをしてくれている最中に、私は周りの雰囲気に割り切れないものを感じていた。あれほど騒いで送り出してくれた私たちなのに、邪魔者扱いされているように感じられてならなかった。

役場で登録を済ませて帰途に就いた時に、母も同じ気持ちを抱いていたことが分かった。

「役場では私たちをよそ者扱いしていたね。私たちはここで生まれ育ったのに」

「学校でも同じことなのかなあ」

私にはそれが心配だった。本家の美佳の私に対する態度にも冷たいものを感じていたからね。美佳の態度には「余計なものが帰って来た」という感じがあったのよ。

その翌朝に私は母に連れられて学校へ行った。美佳はすでに登校していて、私が教室へ入った時には、同級生と一緒に冷めた眼を私に向けていた。

私にとって救いだったのは、担任の先生が昔と同じ垣内先生だったことだった。垣内先生は私の顔を見て、「おお、元気だったか」と懐かしそうに言ってくれた。ところが、先生が教室で私の紹介をしてくれた時に、生徒は私の顔をじろじろと見ていただけだった。

「一緒に学校へ入学した仲間だ。これからも仲良くやれよ」

先生の紹介のあとで私が「よろしくお願いします」と言ったけれど、どの生徒からも反応がなかった。見覚えのある顔も二、三あったけれど、私を初めて見るような顔付きをしていた。

それから私の学校生活が始まった。私と同級生の間には眼に見えない幕が張られているようで、私が話しかけても返事がなかった。まして向こうから話しかけられることはなかった。それは本家の美佳についても同じことだった。

友達の態度に我慢ができなくなった私は、そのことを垣内先生に訴えたことがあった。先生からはこういう言葉が返ってきた。

「そのうちに慣れるさ」

それを聞いて思い出したのは、満州へ渡る前に垣内先生から聞いた言葉だった。

「向こうへ行けば苦労があるかもしれないが、そのうちに慣れるからな」

私はやり切れない気持ちで母に愚痴をこぼした。母は深刻な表情で私の愚痴を聞いていて、そのあとで何と言ったと思う?

「村の人たちは私たちを満蒙開拓に追い出して、食糧不足から立ち直ったと思ったら、私たちが帰って来たから意地悪をするのよ。役場の人もそうだったし、本家も近所の人も同じ気持ちなのじゃない?」

そう言ってから「そのうちには慣れるわよ」と垣内先生と同じことを言った。

でも私と母に向けられた仕打ちは、もっと酷いものだったのよ。

そこで光江おばあさんの話が止まった。

「おばあちゃん、リンゴをもっと食べる?」と美恵が訊いた。

「そう言えば天野さんが聞きたかったのはリンゴの話だったね。もう一切れいただくか」

光江おばあさんはリンゴを齧《かじ》ってお茶を飲んで言った。

「リンゴの話に行きつくまでには、まだ大事な話が残っている。リンゴの話はそのあとになるけれど辛抱して聞いてくださる?」

これは順一に向かって言ったのだった。

「おばあさんの話は僕の胸に沁《し》みます。続けてお願いします」と順一は答えた。


——ちょうど米や野菜の収穫期に当たっていたので、母は本家の野良仕事に精を出していた。私も学校から帰ると仕事に駆り出された。学校で友達から疎外されていた私にとっては、自然を相手の仕事は楽しい時間だった。

健太と美佳は勉強が忙しいと言って、野良へ出ることはなかった。伯父は「これからは学問の時代だ」と言って、それを受け入れていた。本家と分家とは格が違うと考えていたのだね。腹が立つけれどどうにもならないことだった。

「お父さんが帰って来るまでの辛抱だからね。帰ってきたらどこかへ家を借りて本家とは離れて暮らすから、それまでの辛抱だよ」

母が私にそう言ったことがあった。私と母は繭小屋の軒下で炊事をして、本家から分けてもらった穀物や野菜で生活していた。

冬を迎えて野良仕事がなくなった母は、毎日どこかへ出て行くようになった。私には黙っていたけれど、私は母がどこへ行くのか見当がついていた。母は闇商売をしていたのよ。農家から米を少しずつ買い取って、それをN市へ持って行って売っていたのね。

米を勝手に売り買いすることは、当時の法律で禁止されていたので、母はそれを私にも黙っていた。本家の伯父や伯母も気づいていたようだけれど、見て見ぬふりをしていたのではなかったのかな。

忘れもしない。母が家に帰ってこない日があった。翌日の夕方に憔悴《しょうすい》した顔で帰って来た母は、私に「ごめんね。心配をかけて」と言った。

母はN市に向かう列車の中で、警察に捕まったということだった。闇米をリュックに入れていたからね。それで一晩留置所に入れられて、闇米をどこで仕入れてどこで売っていたかを徹底的に調べられた。

「仕入れた先は迷惑をかけるから言わなかった。自分の家で収穫した米ということにしておいた。売った先については、N市の肥料店ということを言わないわけにはいかなかった。何時間も問い詰められて頭が変になってしまっていたから」

「肥料店ではその米をどうするの？」

「都会から買い出しに来る人に分けて売るのよ。都会の人は配給の米だけでは生活できないので、闇米で命を繋《つな》いでいた。法律に違反しているかもしれないけれど、私はそういう人たちの役に立つことをしているつもりだわ」

そういう会話を母と交わしたことを憶えている。事の善悪は時代と社会背景によって違ってくるものなのね。母はそれからもこっそりと闇の商売をしていた。

年が明けた春先になって、満蒙開拓に行った二人のおばさんが帰国してきた。三井さんと井上さん。その噂はたちまち村中に広がって、役場の広間で二人の報告会が開かれることになった。母の場合は終戦直後で報告会が開かれなかったので、その機会に母と私も二人と一緒に報告会に出席することになったのよ。

役場の二階の広間に集まったのは、満蒙開拓団の親戚が多かったね。三井さんと井上さんは、満州で見た時とは別人のようにやつれた顔をしていた。そこで話されたことは、私が想像もしていなかったことだった。

終戦を知って混乱していた時に、坂村の開拓団の団長から「学校の庭に集まれ」という連絡があったということだった。集まったのは女と子供ばかり。十七歳から四十五歳までの男は、その時には出征していたからね。大人の男は年配の団長と二人の老人だけだった。そこで団長の話があった。

「日本が負けたので満州人があちこちで仕返しの乱暴を始めている。それにソ連の戦車が国境を越えてこちらに入って来た模様だ。日本兵はいち早く日本へ帰ってしまったと聞いている。このままでは殺されるのを待つだけだ。これからみんなで一緒に日本へ帰ることにしたい」

こうして列車の駅を目指して移動を始めたけれど、途中のトウモロコシ畑で満州の男たちに取り囲まれてしまった。武器を持っていなかったから匪賊ではなかったのだろうね。

「これまでの仕返しだ」

男たちはそう言って棍棒《こんぼう》で団長と二人の男に殴りかかった。倒されて虫の息になった団長が言ったのは、「坂村の分村はこれで終わった」ということだった。

「これでは日本に帰っても面目が立たない。満州の地で死ぬのは本望だ。天皇陛下万歳……」

そこで三人の男は息絶えた。満州の男たちはそのあとで若い女に乱暴をして、トウモロコシ畑を隔てた空き地で酒盛りを始めた。酒で盛り上がっている声を聞きながら、乱暴を受けた一人の女が口走った。

「このままでは私たちは売り飛ばされて、挙句の果ては殺されてしまう。辱《はずかし》めを受ける前に死にたい」

この言葉がたちまち全員に伝わって、それから近くの人の首を腰巻の紐《ひも》で絞め始めた。満州の男たちは宴会で盛り上がっていて、こちらの様子には気づいていなかった。

三井さんも井上さんも何人かの首を絞めて、最後に二人で首を絞め合って気を失った。気がついた時には二人はまだ死ねないでいた。その時には満州の男たちの姿は消えていた。

そのような話の最後に、二人は泣きながら私と母を見つめて言った。

「どうして自分たちだけ早く満州を逃げ出してしまったの?」

それは生きて帰った自分の疚《やま》しい気持ちを誤魔化《ごまか》すためだったに違いなかったけれど、この一言で私の背中に震えが走った。でも母は毅然《きぜん》としていた。

「私は日本が危ないことを知って、団長に逃げるように申し入れたのよ。でも団長は『日本が負けるはずがない』と言って取り合わなかった。そればかりか、『そんなことを言いふらしてはいけない。そんなに満州人が怖かったら、自分だけ逃げるがいい』と跳ねつけられた。それで子供と一緒に開拓団を離れたけれど、そのうちにみんなも逃げ出すに違いないと思っていた」

これは母の正直な話だったのだけれど、それでは誰も納得しなかった。会場の中が急に騒がしくなって、「人殺し」という声が私たちに投げかけられた。

殺したのは三井さんや井上さん、それに開拓団の仲間で、私と母は関係がなかったのに。おまけに三井さんと井上さんの言い分には腹が立ったね。

「私たちも何度死のうと思ったか知れないけれど、団員の最期《さいご》の様子を坂村に伝えなければと思って必死で生き延びてきた」

満州の男に襲われて互いに殺し合ったというのも、私には何だか弁解じみて聞こえたね。でも、団員の三十何人かがあの地で死んだことは間違いなかった。その責任が私と母に、とりわけに母に向けられた。

それからの私たちは卑怯者のレッテルを張られて、村の中で小さくなって暮らしていた。母の闇商売も成り立たなくなって苦しい生活を強いられた。本家からも邪魔者扱いされた。村人から私と母に向けられた「満州帰り」という言葉は生涯忘れられない。そこには軽蔑の意味が込められていた。

その年の私は高等科の一年生で、翌年からは新制中学の二年生になった。学校へは弁当を持っていったけれど、私の昼食は蒸かしたサツマイモかジャガイモで、私はそれを机の下に隠すようにして食べていた。

「お父さんは必ず帰って来る。お父さんが帰って来るまでの辛抱だからね」

この言葉を母から何度聞かされたか分からない。でも、待てど暮らせどソ連によってシベリアに抑留されているというお父さんが、こちらに帰って来る知らせはなかった。

本家からは邪魔者扱いされ、村からも疎外されていた三年間の生活を思い出すと、今でも涙が出るわ。島流しにされていたようなものだもの。それでも「お父さんは必ず帰って来る」という母の言葉が、私にとっては心のよりどころだった。

そこで光江おばあさんの言葉が止まった。おばあさんはハンカチを出して涙を拭っていた。

「そう言えばリンゴの話だったね。でも、その前に話さなければならないことがまだあるからね。天野さん、こんな話はつまらないでしょう?」

順一はかぶりを振って答えた。

「そんなことはありません。それからお父さんはいつシベリアから帰って来たのですか?」

「父が帰って来たのは、私が新制中学三年生の時でした。あの時は嬉《うれ》しかったね。嬉しいという言葉では表現できないほどに嬉しかった」

「それから家族はここへ引っ越したの?」と佐江が訊いた。

「引っ越すまでには一年があった。その一年間にも苦しいことが多くてね」


――父がシベリアから帰って来たのは夏の暑い日だった。電報で知らせがあったので、私は家の外に出て待っていた。

午後になって村の道をこちらへ歩いて来る男の姿が見えた。肩に見覚えのあるズダ袋を掛けていたので、それが父であることが分かった。

私は走って行こうとしたけれど、なぜか足が強張《こわば》って身動きができなかったのよ。走って行って父に抱き付いたのは、家の中から出て来た母だった。それを見て私も走り出して父の腕に抱き付いた。

「おう、おう。元気だったか……」

その時の父のガラガラ声が忘れられない。父は以前より痩《や》せていたが、背中がまっすぐに反って若くなったように感じた。

その夜には本家の囲炉裏端で父の歓迎会が行われた。酒を飲んだ父は時間と共に昔の父に戻ったように思った。

「シベリアの冬は零下四十度になった。そういう時には外に出ると目玉が凍った」

いろいろな話を聞いたけれど、この一言が忘れられない。「目玉が凍る」ということがどういう状態なのか、今になっても分からない。

もう一つ忘れられないことがある。それは伯父が父に言った言葉だった。

「ソ連で教育されてアカに染まったのではあるまいな」

「伐採のノルマに追い立てられて、そんなことを考える暇がなかった」

「それならいいけれど……」

アカというのはソ連の共産主義のことなのだね。このアカという言葉に、父はそれから悩まされるようになった。村の人たちは伯父と同じ疑問を持っていたのだから。

「シベリア帰りをアカと決めつけて、おれを敬遠している人が多い。戦争中に非国民と言われるのと同じ扱いだ」

父の愚痴に母が反応していた。

「満州から帰った私たちを、『満州帰り』と言ったのと同じことね」

私は今でも思い出すと腹が立つ。国策で満州へ日の丸の旗で送り出しておいて、帰ってくれば悪者扱いだもの。父の場合も同じようなものだったね。

父は二階の蚕室で養蚕を再開した。従兄の健太はしぶしぶ一階の部屋へ移動して、私の家族三人が二階の部屋に住むことになった。食事も本家と一緒にとるようになった。父がいるといないとでは大きな違いだった。

養蚕は秋蚕と晩秋蚕と続けたけれど収入にはならなかった。繭が殆《ほとん》ど売れなかったからね。その頃には食糧の不足が深刻だったので、父は耕作のできる土地を探していた。そういう時に、この土地のことをどこかで聞いてきたのよ。

「美川町の山の麓に開拓地があると聞いた。農耕隊が開拓し始めた土地が途中でそのままになっているということだ」

父が母にそう言っているところを聞いて、私の頭に満州の生活が浮かんだ。開拓地であれば満州のように広い土地に違いない。満州では苦力を使っていたけれど、今度は自分が苦力になればいいのだと。

そこで家族で揃ってここへ来てみた。坂村から歩いて二時間はかかったかな。今はここは美川町に入っているけれど、その頃はただの広い荒地だった。

農耕隊が開拓した跡は残っていたけれど、そこは藪だったり雑草地だったりした。土地のあちこちでは日本人の開墾が始まっていた。土に鍬を入れている人を発見して父が声をかけると、何とそれは満州で泉村分村にいた後藤さんだった。

「いつからここに？」

父が尋ねると、後藤さんは「去年から」と答えた。

「シベリアから帰ってすぐにここへ来た。ここは県からの通達で満州の引き揚げ者は使っていいことになっているので、泉村から通ってこのように農作業を始めた」

「ここの土地の具合はどう？」

「土地が肥えていて野菜作りに向いている。欠点は近くに川がないことだ。向こうの美川までは往復一時間も歩かなければならない。それで泉村の実家に寝泊まりして、そこから一時間半かけて通って仕事をしている」

「おれの坂村からは二時間かかるからなあ」

「遠くても野菜の出来は上々だぞ」

後藤さんは足元の大根を一本抜いて見せた。太い艶やかな大根だったね。

その時に私は考えた。わざわざ満州まで行かなくてもここに広い土地があったではないかと。満蒙開拓とはいったい何だったのか。その反対に日本へ連行した農耕隊とはいったい何だったのか。不思議に思ったね。その疑問は今も解けていない。

ここにはすでに数家族が入って耕作を始めていた。トウモロコシ、ジャガイモ、サツマイモ、トマト、キュウリ、ナスなど、いろいろな野菜が作られていたね。

そしてリンゴの苗も植えられていた。リンゴはまだ実をつけていなかったけれど、後藤さんはこう話してくれた。

「こういう涼しい高原はリンゴの栽培が適している」

その時点では私はここがリンゴの産地になるとは夢にも思わなかった。

それからの私たちは坂村の実家で寝起きしながら、水筒と弁当を持ってここへ通うようになった。私は中学を卒業していたので昼間はここで両親と一緒だった。

その頃からここへ入植する家族が急速に増えた。満州から帰った家族、地元の貧しい家族といろいろだった。あちこちには粗末な小屋が建つようになった。私の家でも小屋を建てた。その小屋は満州で苦力が暮らしていた小屋と同じように粗末なものだった。

小屋で寝起きするようになると、美川から水を汲んでくるのが私の日課になった。バケツを両手に提げてここまで往復一時間近くを運ぶのは大変だったなあ。そのうちに天秤棒を使うようになった。みんなで力を合わせて山の小川の水をここへ引いた頃には、このあたりは三十数軒の家族が暮らす集落になっていた。生活がようやく安定し始めた時に父が病気で寝込んだ。当時は死病と言われていた肺結核で、看病の甲斐なく半年ほどで亡くなった。亡くなる前の父の言葉が忘れられない。

「おれはノルマを果たした」

ノルマというのはシベリアで強制されていた仕事量のことだね。父の頭には死ぬまでシベリアに抑留されていた時の記憶が消えなかったのね。

男手を失ったということもあって、私は父の死から半年が経った頃に戦地帰りのおじいちゃんと見合い結婚をして、おじいちゃんもここで一緒に住むようになった。ここではおじいちゃんと呼ぶけれど、結婚した頃には元気で男盛りだった。とても働き者だったのよ。それに照彦も知っているように頑固者だった。

父が亡くなってからの母は気が抜けたようになって、家の中から出ることが少なくなった。思い出したように家を出ると、あちこちをふらふらと歩き回っているのよ。訊いてみると満州で一緒だった人を捜しているのだって。そういう状態が二年近く続いて、家の者が野良へ出ている留守に脳溢血で急死してしまった。母も父と同様に苦労続きの一生だった。今でも父や母のことを思い出すと涙が出るわ。

ここで住むようになってから十年近い月日が経って、入植の当時に植樹したリンゴは立派な実をつけるようになった。それが評判になって、どの家でも競うようにリンゴの植樹を行った。そしてこのあたり一帯はリンゴの里になっていったのよ。

このように話すと簡単にリンゴの里が出来たように聞こえるかもしれないけれど、「美川リンゴ」と呼ばれるようになるまでには、苦労の連続だったね。

その中で私の家には言葉に尽くせない苦しみが訪れた。それをこれから話そうと思うけれど、しゃべり過ぎて喉が渇いたなあ。佐江、お茶をお願い。

「おばあちゃん、大丈夫？」

佐江が心配して光江おばあさんの顔を覗き込んだ。光江おばあさんはリンゴを齧って、それからお茶を飲んで、「大丈夫」と答えた。

「これからリンゴの話に移るよ」

「あまり無理をしないように」

これは順一が言った。光江おばあさんの話の直接の対象は自分だったのだから。

だが、光江おばあさんはその声が聞こえなかったように、再び熱のこもった話が始まった。

――リンゴの生産量は年々増えて、ここがリンゴの里と呼ばれるようになったことは話したわね。

最初の頃のリンゴは町の八百屋へ出して売ってもらっていたけれど、そのうちに「美川リンゴ生産組合」というのが出来て、共同で市場へ出荷するようになった。

おじいちゃんは働き者で、このリンゴ園を拡張して、「三沢リンゴ園」の看板も立てた。村の中に共同の選果場が出来て、そこに生産組合の事務所が置かれた。

村で収穫したリンゴは選果場に集められて、そこで選果して決められた業者に引き取ってもらっていた。その頃には生産組合の組合長が中里リンゴ園の主人で、中里さんを中心にリンゴの里がまとまっていた。

ところが照彦も知っているように、おじいちゃんには変わったところがあったでしょう？　私に突然こう言い出したの。

「戦地で親友だった飯島が、東京で青果市場を開いた。飯島にリンゴを送ったところ、とても気に入られてね。うちの市場に出さないかと言ってきた。それで今年の秋には収穫したリンゴの半分を、飯島の市場へ出そうと思う。そちらの方が高値で売れる」

これには私が反対したね。

「それでは組合の仲間が黙っていないでしょう」

「おれの家のリンゴをおれがどうしようとおれの勝手だ。半分は生産組合を通すのだから、それでいいではないか。それに最近は中里組合長が一人で威張っていて、組合と市場との取引の中身も不明瞭だ。このままではおれたちは中里の苦力になってしまう」

「東京までどうやって送るの？」

「向こうから運送業者を寄越すということだ。トラックには助手も乗っていて、積み荷を手伝ってくれることになっている」

これでは私も反対の仕様がなかった。反対してもおじいちゃんは東京への出荷を止めなかったでしょう。

「それでも中里さんには断っておいた方がいいと思うわ」

私の提言に従っておじいちゃんは中里さんに東京へ出荷すると打ち明けた。すると中里さんはカンカンになって怒ったということだった。「それは美川リンゴを辱める行為だ」と言って。

「おれはこの際、村のリンゴを全国で有名にしようとしているのに、あいつは自分が考えたこと以外は撥《は》ね付けるのだ」

おじいちゃんは腹を立てて、中里さんとは絶縁状態になってしまった。ということは村の人たちとも付き合いがなくなったということだね。私はおじいちゃんに東京へ出荷するのを止めるように何度忠告したか分からない。でもおじいちゃんのことだから、耳を貸そうとはしなかった。

リンゴの収穫が始まって家中が総出で仕事をしていた。今と同じことで早朝にリンゴを捥《も》いで軽トラでここへ運んで、この家の前で選定して箱詰めするのね。あの頃の家はもっと粗末だったけれど。

その年は特別に大きなリンゴが収穫できたので、おじいちゃんも「これなら東京でも有名になる」と言って喜んでいたわ。その作業の最中に大変なことが起きた。おじいちゃんが警察に連れていかれたのよ。

「おじいちゃんが何か悪いことをしたというの？」

私が警官に抗議したけれど、警官の態度は冷たかったね。

「窃盗容疑だ」

「何を盗んだというの？」

「あちこちのリンゴ園のリンゴだ」

私は呆れたね。ばかばかしくなってポカンとしていた。そのあとで気付いたことは、これは中里さんの仕業《しわざ》だということだった。その真相が明らかになれば、おじいちゃんは警察から帰って来ると思っていた。

ところが二日経っても帰って来ない。それどころがこの事件は村中で評判になって、とうとう新聞にまで載った。あの記事のことは忘れられない。「東京へ出荷するために、夜中に他人のリンゴ園からリンゴを盗んだ」というのだね。おまけに盗んでいるところを見た人が二人いたというのだね。

噂ではその目撃者というのは、選果場で働いている二人の若い女だった。二人の目撃者は中里の命令を受けて嘘をついているに違いなかった。

私は町の警察へ出向いて、東京への出荷を巡って中里組合長と対立があったことを訴えた。でも警察は「目撃した人が二人もいるのだから」と言って取り合ってくれなかった。

二人の目撃証言はこういうことだった。

夜中にトラックの音がしたので、何があったのかと思って外へ出てみると、三沢リンゴ園の軽トラが通り過ぎたというのよ。それから一時間ほどして、同じ軽トラが今度は反対方向へ通って行ったというのね。それを二人が別の場所で目撃したということだった。

今の警察なら裏付けを取ると思うけれど、あの頃はいい加減なもので、おじいちゃんは一週間も警察に泊められて取り調べを受けた。その最中に東京の飯島さんから電話があったので私が事情を細かに話したの。

その二日後には飯島さんが弁護士を伴ってこちらへ来てくれた。警察の裏付け捜査が始まったのはそれからだった。それで全貌が明らかになったのは三日後だった。

今度は中里組合長が警察に引っ張られた。釈放されて家に帰ったおじいちゃんが何を言ったと思う？

「おれが犠牲になったお陰でリンゴの出荷はこれからは自由になる。そして美川リンゴが全国区になる」

その通りでしたね。それからは選果場から出たリンゴは、入札であちこちの業者に渡るようになった。そして「美川リンゴ」の名前が有名になった。それというのもおじいちゃんのお陰ね。

今ではリンゴをどこの誰に売ろうと自由になった。現在の組合はそれぞれのリンゴ園の生産や販売のお手伝いをする組織になっている。それがリンゴ生産組合の本来の役目だったのだからね。これで私の話はおしまい。天野さん、長い話になってしまったわね。

順一は「ありがとうございました」と言って頭を下げた。そのあとには無言の時間が経過した。その時に背後のリンゴ園の方角から「チッ、チッ……」という小鳥のさえずりが聞こえた。

「あれは何という鳥の声？」

順一が訊くと当主の照彦から答えが返った。

「モズですよ。モズは漢字で書けば百の舌を持つ鳥と書く。いろいろな声で鳴くことが出来るのです」

「そうでしたか」

順一は耳を澄ませたが、その時にはモズの声は消えていた。

「おばあちゃんはいろいろと大変な苦労をしたのね」

佐江が感に堪えないような声を出した。それに頷いていたから全員が同じ気持ちだった。

「私はこのごろ考えることがあるのよ。私の苦労には三つがあったと……」

おばあさんの視線は孫の文彦に向けられていた。

「満州から帰ったあとの四年間。村の人に満州帰りと呼ばれて小さくなっていた頃の苦労だった。

三年目には父がシベリアから帰って来たけれど、自分たちの前途に希望が持てないで、生きることで精いっぱいの四年間だった」

「五年目にここへ移って来たのだね」

「ここへ来てからの開拓の苦労も大変だった。リンゴの栽培の苦労も今になれば懐かしいけれど、ここのリンゴが美川リンゴの里と呼ばれるようになるまでは苦労の連続だった」

「おじいちゃんのリンゴ泥棒のこともあったからね」孫の文彦が口を挟んだ。

「でもここでの苦労は前途に希望を持っていたから、苦労を苦労とは思わなかった。おじいちゃんの事件も、あれのお陰で美川リンゴが有名になったのだからね。文彦は仲間と一緒に外国へ美川リンゴを売る計画を立てているのだろう？　ここのリンゴは美味しいからきっと成功するわよ」

「頑張るよ」

文彦はそう言ってからおばあさんの顔を見上げた。

「苦労の三つめは？」

「それは満州だよ。私は母のお陰で地獄を経験しなかったけれど、一緒に行った仲間の大半は殺されているのだからね。満州から帰った三井さんと井上さんの話を聞いた時には、私は嘘が交じっていると思っていた。ところがその本『証言それぞれの記憶』を読んでから、二人の話には少しの誇張もないことが分かった。それを考えると、満州で亡くなった仲間の苦労が自分の苦労になった。これが最大の苦労で、このごろの私の頭の中には、トウモロコシ畑で首を絞め合っている仲間の姿が浮かぶことがあるのよ」

「馬鹿げたことをしたものだ」

照彦の一言におばあさんが声を上げた。

「どこが馬鹿げているの？」

「戦争だよ。それに満蒙開拓」

それでおばあさんは黙ってしまった。

再びモズの声が聞こえた。帰る時間を知らせてくれたように思って、順一は立ち上がった。

「おばあさん、ありがとうございました。充実した時間でした。来年も来るからまた話を聞かせてくださいね。お元気でね」

順一は車のトランクへ三箱のリンゴを積んで、みんなに見送られながら三沢リンゴ園をあとにした。頭には光江おばあさんの最後の一言が焼きついていた。

「私が話したことを新聞に出してね。読むのを楽しみにしているから」

順一の胸ポケットには小型のボイスレコーダーが入っている。光江おばあさんの話は全部録音されている。順一の役目はそれを再生して文字にすることである。それをしなければおばあちゃんの話を聞いた意味がない。光江おばあさんの話はリンゴ園に囲まれた開拓団の人たちの心の叫びだった。

粘土山の転落 ——学童疎開の悲劇——

南アルプスの前山の裾野の沿道に「松井医院」の看板がある。当主の松井医師は八十代になっても治療を続けていることで有名である。松井医師への取材を支局長に言い付かって、天野順一は事前に松井医院へ電話で打診した。

「朝の九時半頃に来てほしい。まだ患者が来ていない時間だから」

医師の返事を受けて順一は不思議に思った。このあたりの病院や医院は八時半の診察開始が普通で、九時前後は最も混雑している時間だからである。

車で緩い段丘を東に向かって上ると、南アルプスの前山を背にした集落があった。山から流れ出る川を使った水田が広がって、その中を舗装道路が走っている。その道路沿いに「松井医院」の看板が出ていた。看板の内側には老松が地面を這うように枝を広げている。

順一が玄関から待合室に入ると、看護師が診察室から顔を出して声をかけた。

「新聞記者の天野さんですね。お待ちしていました。どうぞ診察室へお入りください」

診察室には松井医師が顔をこちらへ向けて椅子に腰掛けていた。松井医師の頭は綺麗に禿《は》げあがっていた。

「地域医療の様子をお聞きするためにお伺いしました。この時間は患者が少ないのですね」

順一は医師と向き合って椅子に腰掛けた。

「午前中の客は数人というところかな。客が見えるまでには時間があるから、何でも訊くがいい」

医師が滑らかな口調で言った。順一からはとっさに質問の言葉が出た。

「診察時間はどのようになっているのですか？」

「午前の診察は時間が決まっていない。午後は主として村を回って往診をしている。患者の八割が高齢者で、その殆どが自宅で寝ている。その人たちの往診が私の主な仕事になっている。この村は今は市に合併されているけれど、街の病院へ出て行けないお年寄りが多いから私の役割があるわけだ」

「車で回って診察しているのですか？」

「車は無事故無違反で何年にもなる。私が高齢なので交通事故を心配してくれる人もいるけれど、私は死ぬまでこの仕事を続けるつもりだよ」

「素晴らしいことですね」

順一の取材はそのことに関係があった。老齢を迎えて活躍している医師の生き様を記事にするのが目的であった。

「でも大変でしょう？」

そう言ってから失礼な質問であったことに気付いたが、この一言は松井医師の生き方を引き出すことになった。

「大変なものか。困っている人に尽くすことが私の生き甲斐だから。私のような生き方は若い人には理解されないかもしれない。若い人は自分のために生きている人が多いからね。私と同年齢の人には世のため人のために尽くすことに人生の意味を感じている人が多い。そういうことを聞きたかったのだろう？　あっ、そうだ……」

そこで松井医師は何か思いついた様子であった。

「何でしょう？」

「天野さんは学童集団疎開という言葉を聞いたことがある？」

「戦時中に都会の子供が地方へ来て生活していたのでしょう？　アメリカの飛行機の爆撃を避けるために」

「若いのにさすがに新聞記者だ。その疎開の人たちの集まりが、明日の午後にこの裏の妙光寺で行われる予定だ。あの疎開から何十年ぶりの集まりということになる。そこを取材すれば素晴らしい記事になる。どうだ、出てみないか？」

「同席させていただいても構わないのですか？」

「妙光寺の住職は私の家内の弟だ。住職は新聞記者を歓迎するだろう。寺の宣伝にもなるからな」

松井医師はそう言って「はっ、はっ……」と声を出して笑った。

「私などを取材するより遥かに価値がある。日本人はあの戦争の時代のことを忘れつつあるから、新聞で一発かませれば目が覚めるだろう。戦争の影響が田舎にも及んでいたことを知らせるよい機会だ。明日の午後三時にここへ来れば私も一緒に出掛ける」

松井医師に対する取材の目的はそれまでの会話で大半を果たしていた。その時の順一の期待は、翌日の学童疎開の集まりにあった。そこでも松井医師の生き方について取材ができるに違いなかった。

その時に待合室で看護師の声が聞こえた。

「どうされたのですか?」

「風邪らしいのだよ。喉がヒリヒリと痛くて。それに先生の顔を久しく見ていないからね」

絞り出すような声であった。それを聞いて順一は立ち上がった。

「ありがとうございました。明日の午後三時にはまたお伺いします」

「ご苦労さん」

順一が診察室を出ると、入れ替わりに看護師に導かれて白髪の老人が診察室へ入った。

「やあ富永さん。どうしました?」

背中に松井医師の明るい声を聞きながら、順一は松井医院が地域医療に果たしている役割が分かったと思った。松井医院は医療と同時に地域の人たちの心の拠りどころの一つになっているのだ。

翌日に松井医院を訪れると、玄関で待機していた松井医師が出て来た。順一の姿を認めた松井医師は、「ご苦労さん」と言って先に立って歩き出していた。

「疎開の集まりの妙光寺はこの上だ」

そう言って坂道を軽々と上り始めた。順一はついていくのが精いっぱいであった。順一は最近の八十代には精力的な人が多いことに気付いていた。それは松井医師も同じであった。「少年期に粗食に耐えて、齢をとってから良質の栄養をとった人は長生きをする」という医学者の言葉を思い出した。

坂道の傾斜はしだいに険しくなって、目の前の山腹に寺の建物が見えた頃には、順一は息を弾ませていた。

「これが妙光寺だ」

松井医師は山門の前で立ち止まった。順一が立ち止まって耳を澄ませると、一段高い敷地にある境内で人の声が聞こえた。学童疎開の人たちの声に違いなかった。

その時に不揃いの歌声が聞こえてきた。

昔々その昔　椎の木林のすぐそばに
小さなお山があったとさ　あったとさ
丸々坊主の禿山は　いつでもみんなの笑いもの

「これこれ杉の子起きなさい」
お日さまにこにこ声かけた　声かけた

どこかで聞いたことのあるメロディーであったが、それがどこであったか思い出せなかった。歌声は四番まで続いた。

さあさあ負けるな杉の子に　勇士の遺児らはなお強い
体を鍛え頑張って　頑張って
今に立派な兵隊さん　忠義孝行一すじに
お日さま出る国　神の国
この日本を守りましょう　守りましょう

これは戦意高揚の歌だったのだ。順一はそれが疎開の人たちに歌われていることに違和感を抱いた。

歌い終わった人たちは階段をぞろぞろと本堂の中へ入って行った。

松井医師と順一が境内に入ると、本堂の正面の庭に背丈ほどの木があって、その横に建てた白木の柱には「平和・学童疎開記念」と墨書されていた。

「本堂の中へ入ってくれ。追悼の法要を始めるから」

本堂から顔を出したのは背筋の通った僧衣の住職だった。二人が本堂の中に入ると、十数人が須弥《しゅみ》壇《だん》に向かって正座していた。二人はその後ろに座ったが、振り向いて見る人はいなかった。

「戦争や戦災で亡くなられた方々の追悼の法要を始めることにしよう。この中にも戦争で肉親を失った方がおられるわけですね」

住職が僧衣の裾を手で絡《から》げながら須弥壇の前に座った。読経の声が流れる本堂の中は静まり返って、疎開の思いが漂っているようだった。

読経が終わると進行役の男が立ち上がった。胸には「萩精一」の名札があった。

「それでは思い出を語る会に移りますので、こちらへ体を向けて膝を崩してください」萩精一の穏やかな口調であった。

「初めに幹事の花岡武史君から挨拶があります」

指名を受けた花岡武史は、垂れ下がる白髪を手で掻きあげながら立ち上がった。その時の「牢名主、頑張れ」という野次には、疎開当時の彼の存在を窺うことができた。花岡は落ち着いた声で話し始めた。

「萩精一君の呼びかけによって、この集まりが実現しました。あの疎開の時のことは、片時も私の頭を離れたことがありませんが、心の中にはあの時代に対する嫌悪感があって、七十年間ここへ来たことはありませんでした。しかし、萩君と話しているうちに懐かしさが募って、その気になって幹事を引き受けました。それで当時の名簿を繰って仲間に呼びかけましたが、すでに亡くなられた方、病床にある方、行方不明の方などが多いことが分かりました。それでもここに十四名の方の参加を得て、このような集まりが実現しました」

花岡はそこで一呼吸置いて続けた。

「私たちは昭和十九年から二十年にかけて、ここ妙光寺で疎開の子として集団生活を送りました。疎開の子は全国で約百万人。そのうちの半分が縁故疎開で、残った半分が学童集団疎開であったと聞いています。妙光寺にお世話になった集団疎開の子は、年度を跨《また》いで約六十人でした。私の場合は昭和十九年が六年生でしたので、二十年の二月には中学進学のために東京へ戻りましたが、三月の十日には東京大空襲で家が焼かれました。後輩の三年生、四年生、五年生は、終戦を経て九月ごろまで疎開生活を余儀なくされていました。また、その年の四月からは疎開の対象が拡大されて、一年生、二年生もここへ来て、半年もしないうちに終戦になったのでした」

「一年生にはてこずったなあ。泣いてばかりいた」

「困ったのはおねしょだった」

そういう私語を花岡は咳払いで制して続けた。

「あれから半世紀以上が経過しました。あの時の記憶は私の中で風化することはありません。ひもじい生活に耐えながら、孤独に苛《さいな》まれていた日々を思い出す時に、私は過ぎ去った自分に何とも言えない、いじらしさを感じてなりません。そういう中にあって、今は亡き妙光寺のご住職や大黒様、それに当時の松井医院の先生の温かい心遣いが胸に焼き付いています」

「そうだったな」

大声で相槌を打ったのは、胸に「松本隆一」の名札を付けた人であった。花岡の話が続いた。

「そういうご恩に報いる意味を込めて、妙光寺の境内に一本、裏の禿山に十本の植樹をしました。『お山の杉の子』の歌にあるように『昔々の禿山は今では立派な杉山だ』となる日を夢見ながら植樹をしました」

「あの木が一人前になる頃には、私たちは生きていないわね」

女性の声に住職が応えた。

「子孫のために寺の記録にしっかりと書きとめておくよ」

住職は数珠を手に持って拝むようにしていた。それから花岡の硬い口調が続いた。

「あの戦争が何のための戦争だったかということが、私がずっと抱いて来た疑問でした。各種の書物には当時の外交や経済や政治に関する考察はありましたが、あの戦争を支持し謳歌した日本人の心についての考察はありませんでした。ある作家が『なぜ日本はあの愚かしい戦争を起こしたのかについて、私は今もなお納得できる回答には巡り合っていない』と書いてあるのを読んで、私は『人間、この愚かなるもの』と思いました。歴史の主人公であるはずの人間が、歴史の流れに翻弄されていたことになるのです。学童疎開も歴史に翻弄された悲劇の一幕であったと考えれば、あの戦争を制御できなかった人間の愚かさの証明にほかなりません。私たちのささやかな植樹がそういう人間の愚かさからの脱出の手がかりにでもなればと心から願って、幹事を代表しての挨拶とさせていただきます」

「さすがに牢名主だ」

待っていたかのように拍手が起こった。

「警視庁の刑事だったのだからな」

「道理で理屈が通っている」

そこで進行役の萩が指示した。

「それでは疎開の時と同じように、中央に輪をつくって座ってください」

本堂の中央には人の輪ができた。順一と松井医師もその中へ入った。急に騒がしくなった本堂の中で、ひときわ大きな声があった。

「あの頃はひもじかったなあ」

「食べ物と言えばサツマイモか雑炊。雑炊の時には茶碗の中に箸が立てば、みんなで拍手したものだ」

「サツマイモばかり食べていたから、おならが出て困った」

「おならの回数を表につけて、一週間に十五回以上になると一回食事を抜かされたものだ。最高記録は一週間で六十一回。あれは安土敏弘君じゃなかったっけ?」

含み笑いの視線が精悍な表情の小柄な男に集まった。

「僕だった」

安土が平然と言った。

「三年生だった僕は、どうしても我慢ができなかった。悪臭のためにみなさんには大変に迷惑をかけた」

笑い声が本堂に広がった。

「食べ物も大変だったけれど、ノミとシラミには苦労したなあ」

萩が話題を変えて言った。

「ノミとシラミのどちらも大変だったけれど、ノミの方が繁殖力が鈍いからましだった。シラミときたら一晩に何十倍にも増えるのだからね。本堂の縁側で下着を脱いで、縫い目に沿って並んでいるシラミの卵を石で叩いて潰したことを憶えている。潰したシラミの卵をもったいないと言って食べた人がいた」

「僕がそうだった」

長身の松本であった。

「僕は貧血気味の虚弱体質だったから、松井医院の先生には何回もお世話になった。その中にはシラミ熱もあった。体を松井先生に診てもらったあとで、美味しいご飯をいただいたことがあった、あの時のことは忘れられない。それに……」

松本はそこで唾を飲み込んで続けた。

「あの一年半の間には、ここから逃亡を企てた人が六人いた。僕もその一人だった。鉄道の駅まで歩いて行って、駅員に捕まって連れ戻されたけれど。駅員には疎開の子であることが一目で分かったのだね。その時の僕は、線路を歩いて行けば二、三日で東京に着くものと思っていたのだから呆れるね」

「何年生の時だった？」

「四年生の秋。こちらへ来て半年ばかりの時だった。東京にいる両親のことが心配でならなかったし、ここでの生活が辛くてならなかった」

「東京空襲の記事が新聞に出ていたので、戦況が思わしくないことは子供にも分かったからね」

「訓導（教師）の篠塚先生が東京の出張から帰って、空襲で焼けた東京の話をしてくれた時には、僕たちはここに固まって泣いたものだ。そんな時にも僕は、間もなく神風が吹いて日本に勝利の時がやって来ると思っていた」

「神風はついに吹かなかったね。ラジオで終戦の詔勅を聞いた時には、ここに集まってみんなで泣いたものだった。放送の最後に『学童集団疎開は来年の三月までには引き上げる』と聞いて暗い気持ちになった。それまでの半年の間に、東京にいる人は米兵に皆殺しにされるという噂が流れたのだった」

それぞれの口から思い出が語られる中で、時間がたちまち経過していった。

「松井医院の先生……」

萩が松井医師の顔を見て言った。

「松井先生はそういう僕たちをどういう気持ちで見ていました？」

「君たちの世話をしたのは私の父親だ。私も君たちと同級生だったのだから、松井君と呼んでもらいたい」

そう言って松井医師が話し始めると、本堂の中が急に静かになった。

「今の話を聞いて疎開の実態に初めて触れたように思ったよ。私は地元の子の眼で疎開の子たちを見ていたからね。あの時には午前の授業と、その前後しか疎開の皆さんと接触する機会がなかった。しかも午前中は疎開の子は教室の後ろに並んでいたから、顔を見ることもあまりなかった。まして話をしたという記憶はない。午前の授業が終わって妙光寺へ帰る疎開の子の隊列に向かって、地元の子が二階の窓から罵声を浴びせたことが何度かあった。私たちが疎開の子の垢抜けした姿と言葉に違和感を持っていたことは間違いない。それは大人の世界も同じことで、都会の連中はおれたちの生産物の上前をはねて生活する消費者という気持ちがあった。その気持ちは都会の人に向けられた『お町人様』という言葉に表れていた。これはごくつぶしという意味の蔑称だった。そういう意味で私はもっと親切にしなければならなかったという気持ちを持ち続けてきたのだよ」

松井医師がそう言って頭を下げると、萩が「そうだったか」とため息をついた。

「地元の人たちのそういう気持ちを僕は薄々感じていた。腹を立てたこともあったけれど、どうすることもできなかった。地元の子たちの腕力や生活力に圧倒されていたということもあったけれど、疎開の子は疎開の子だけで身を寄せ合って暮らしていたからね」

女性の声がそれに応じた。

「地元の子には家族の後ろ盾があったけれど、私たちには何もないという心もとない気持ちだったわ」

「地元の子にいじめられるようなことがあっても、私たちは無抵抗だった。特に男子は意気地がなかったから」

「しかし……」

松本が言葉を継いだ。

「人間関係の苦労は、本当は地元の子たちとの間ではなくて、疎開の子たちの内部にあったのではないのかな。僕がここから逃亡を企てたのは、一つには疎開の上級生のいじめから逃れたい気持ちがあったからだ。その記憶をここで詳しく披露する気持ちはないけれど、僕はそれだから疎開の生活には懐かしさを感じると同時に、おぞましさや疎《うと》ましさを感じてならない」

松井医師の発言が、疎開の子たちに嫌な記憶を呼び起こしたようだった。松井医師はそこで立ち上がって言った。

「いろいろなことがあったけれど、地元の子たちの間にも、疎開の子に対する懐かしい気持ちが残っている。戦後数年が経った頃に、疎開の子を懐かしむ歌がはやったことがあった。うろ覚えだから歌詞に間違いがあるかもしれないし、一番しか憶えていないのだが……」

そう言って松井医師は歌い出した。

疎開の子供が置いていった
麦わら帽子をかぶったら
あの子の匂いがしてきたよ
何だか何だか会いたくなってきた

年齢を感じさせない艶のある声であった。大きな拍手を聞きながら順一はそっと本堂から抜け出した。支局に戻ってこの集会のことを急いで記事にしなければならなかった。

その二日後に順一は松井医院へ電話を入れた。取材のお礼が目的だったが、疎開の記事について感想を聞くことにも期待をかけていた。

電話に出た松井医師の声は明るかった。

「新聞の記事に疎開の子たちの思いがよく出ていた。特に鉄道を歩いて東京へ帰ろうとした子の思い出の記事は、読む者の胸を打ったに違いない」

新聞記者として嬉しいことだった。順一はそれを聞いたうえで、松井医師についての記事は後日の掲載になることを伝えた。

「私のことなどは載せなくてもいい」

松井医師はそれから口調が変わった。

「疎開の時の進行役の萩を憶えているか？」

「憶えていますが、何かあったのですか？」

「萩君が昨日ここへ来たのだよ。そこで新聞記事のことも話題になったけれど、疎開に関係して重大な話をしてくれた。それを君に話したい。午後の時間は都合がつくか？」

「時間を決めていただければ素っ飛んでいきます」

「それでは三時にこちらへ来てくれ。これも新聞のネタになる」

順一は午後三時に松井医院を訪れた。看護師に案内されたのは、今度は診察室ではなかった。奥にある書斎を兼ねた応接室であった。書棚には医療関係の書籍が詰まっていた。立ってそこを見ているとと、松井医師が横のドアを開けて顔を現した。

「わざわざ出向いてくれてご苦労さん」

「今日の午後は往診がないのですか?」

順一は気にかかっていたことを訊いた。

「往診は慢性病の老人が多いから、特に時間は決まっていない。大切な話があるからそこに腰掛けてくれ」

順一はテーブルに着いて、ポケットのボイスレコーダーを始動させた。松井医師の禿げた頭は窓の光の加減で眩《まぶ》しく見えた。

松井医師が語り始めたのは疎開に関係したことだった。

「昨日の昼過ぎに疎開の萩君がここへ見えたのだよ。私がここにいると、看護師が庭先に怪しい人がいると言ってきた。それで外へ出てみたら、庭先のお舟松のところに彼がいるではないか」

「お舟松ですか?」

「玄関前の枝が地面を這っている松は、市の天然記念物に指定されている。あれは舟の形に似ているからお舟松と呼ばれている。萩君はお舟松を見ながら『この松はあの頃とまったく変わっていない』

と言っていた。あの頃というのは疎開の頃だからもう七十年も昔になる。それでここへ寄ってもらった。そこで萩君から大変なことを聞いた」

「何でした?」

「萩君には一歳年上の町子という大柄の姉がいて、その姉もここへ一緒に疎開していた。その町子が終戦で東京へ帰って間もなく多摩川に飛び込んで自殺したというのだ。しかも自殺の原因が疎開の時にあったというのだよ。二人の中学生に乱暴されて妊娠していたのだ。その時のことを萩君から聞いて、私は当時のことを思い出した。時間がかかるけれど聞いてくれるか?」

「ぜひ聞かせてください」

その時にドアを開けて入って来たのは、松井医師の奥さんだった。奥さんはトレイに載せたお茶をテーブルに置いて言った。

「昨日は疎開の記事を読ませていただきました。疎開のことは私の記憶にも残っています。私は妙光寺で生まれて、あの頃はまだ小学校に上がっていなかったけれど、疎開の子たちのことは憶えていて懐かしいわ。私もここで話を聞かせてもらうからね。いいわね」

「構わない」

松井医師が茶碗を持ち上げながら返事をした。それから松井医師の話が始まった。

――松井医院を開いたのは私の祖父だった。明治から大正にかけてのことだった。それを引き継いだのが親父で、親父は戦後までここで医者をしていた。私はそのあとを継いだというわけだ。

終戦は私が小学五年生の時だから、あの頃のことは記憶に残っている。萩君、彼も同じ教室で勉強していたけれど、私は疎開の子たちとの付き合いがなかったから、萩君のことはすっかり忘れていた。ところが昨日萩君の話を聞いて思い出したことがあった。

終戦の直前のことだったが、私はお舟松の周りで草取りをしていた。そこへ疎開の女の子が妙光寺にいた寮母に連れられて来た。私は泣きべそをかいている女の子を見て病気かと思った。

次にここへ駆けつけたのは、疎開の子の先生と男の子だった。昨日は萩君の話を聞いて、その男の子が萩君であったことを思い出した。私はその様子を見て、何かあったのだなと思ったけれど、そのまま草取りを続けていた。庭の草取りは私の役割だったからね。

三十分ほどで女の子、先生、寮母、それに萩君が帰って行った。その時に女の子がまだ泣いていたことを憶えている。

すると今度は村の駐在の巡査がサーベルをガチャガチャと鳴らしながらやって来た。サーベルというのは腰につける刀の一種で、当時の警察官が常に持ち歩いていたものだ。私はそういう様子をお舟松のところから見ていたが、何かがあったなと思うだけで、事の真相には思いが及ばなかった。だが、昨日の萩君の話を聞いて思い出したのだ。

女の子は萩町子さんと言って萩君の姉で、あの時に二人の中学生に暴行を受けていたのだ。桑畑の中で泣いている町子さんを見つけて、ここへ連れて来てから疎開の訓導（先生）に知らせたのが寮母だったのだね。

その日の夜に、私は親父に「昼間の騒動は何だったたか」と訊いた憶えがある。すると「おまえは知らなくていい」と叱られた。その翌日には上野村長がここへ見えて、親父と長い時間話をして帰った。そのあとで親父の言ったことが記憶に残っている。

「村長はおれを脅しやがった。言うことを聞かなければ、治安維持法で警察に引っ張ってもらうと」

その頃の親父は戦争に批判的ということで警察にマークされていた。親父は学生の時に大学の歴史研究会に属していたために、警察に事情聴取を受けたことがあったからね。

そういうわけで町子さんの暴行事件は有耶無耶になってしまった。東京へ帰った町子さんも、そのことを両親にも打ち明けることはなかった。

だが一人だけ相談を受けた人がいた。それは弟の萩精一君だった。学校の帰りに町子さんが萩君に訊いたのだそうだ。

「疎開先で私が怪我をした時のことを憶えている?」と言って。

「転んで怪我をしたのだろう?」

「あれは違うのよ。二人の中学生に乱暴されたのよ。帽子に二本の白い線があったから地元の中学生に違いないと思う」

それを聞いた萩君は、中学生に殴られたのだと解釈した。

「どうして殴られたの？」

「お菓子をやるからと言って桑畑の中へ誘われた」

「お菓子で騙して殴ったのか。酷《ひど》い中学生だな」

あの時代のことだから小学五年生の萩君には暴行の意味が分からなかったのだ。意味が分かったのは、町子さんが多摩川に飛び込んで死んだ時だった。町子さんのお腹には赤ちゃんがいた。

そのことを警察は把握していたけれど公表はしなかった。両親の意向もあったのではないかと萩君は言っていた。彼の話はそういうことだった。


「酷い話ですね」

順一がため息をついて言った。その時に頭に浮かんだのは、その頃の中学生であれば現在は八十代になっているということだった。

「萩君が提案して思い出の会を開いたのには、三つの目的があったということだ」

松井医師は腕組みをして言った。

「三つの目的ですか？」

「一つめは植樹と思い出会の開催、二つめは姉に乱暴した二人の男を確認すること、三つ目は思い出の景色を絵に描くこと。彼は高校で美術教師をしていたのだそうだ」

「そうでしたか。彼はその二人の男を見つけてどうするつもりなのですか？」

「生きていれば姉の墓前で謝罪させると言っていた。死んでいれば仕方がないけれど、二人の身元を洗ってどういう一生だったかを知りたいと言っていた。その気持ちは私には分かる」

「僕にも分かります。お姉さんを殺されたようなものだから。それで捜査の手がかりはあるのですか？」

「その時の暴行の事実を知っているのは五人しかいない。萩君はもちろんだが、その他に受け持ちの訓導、妙光寺にいた寮母、村の駐在の巡査、それに私の親父だ。私の親父と寮母は亡くなっているから、訓導、寮母、駐在の三人は生きていれば調査の対象になる。天野君は新聞記者だからそのあたりのことを調べてみてくれないか」

松井医師の視線が順一の顔に向けられた。そこには怖いほど真剣な眼差しがあった。

「精いっぱいやってみます」

順一がそう言うと松井医師の顔が綻んだ。

「やってくれるか。萩君はまだ一週間はこちらにいると言っていた。写生があるからね。真っ先に描きたいのは粘土山から見る伊那の景色だと言っていた。あそこへは私も何度か行ったことがある。

伊那の景色が一望できる場所だ。彼は今日もあそこへ行って写生をしているだろう」

「粘土山というのはどこにあるのですか?」

「妙光寺の裏側には禿山と言って私の頭のような山がある。そこはこの間の疎開の人たちが植樹をしたところだ。その左隣が粘土山だ。どちらもポコッと盛り上がった山で、南アルプスの前山の峰の一部だ。妙光寺の住職に訊けば登り口は分かる」

「今日はここまで来たのだから、これからそこへ行ってみます。新しい発見があれば帰りに先生に知らせることにします」

「私はこれから往診に出掛けるから留守になる。何か新しいことがあったら電話でいい」

「電話をいただければ私がここにいるからね」

松井医師の奥さんが付け加えた。弟の住職に似て背筋の通った小柄な女性であった。

順一の頭の中には、医師から聞いた自殺の話が渦を巻いていた。その時の気持ちは事件の取材に出掛ける時と同じであった。


妙光寺の境内へ上った順一は、疎開の記念植樹の場所へ行った。植樹の木を見ながら先日の様子を思い出していると、そこへ寺の大黒が顔を出した。

「新聞記者の方ね。新聞の記事を読ませていただいたわ」

大黒は手に箒《ほうき》を持っていた。順一は「平和・学童疎開記念」と書かれた柱に手で触りながら訊いた。

「僕は途中で失礼しましたが、あれからどうなりました?」

「記念食事をしたのよ」

「記念植樹のあとは記念食事でしたか?」

順一は言葉の綾を面白いと思いながら言った。

「疎開の時の食事を思い出して、私が作ったお粥をみんなで食べたのよ。そうしたら箸が立ったと言って拍手をしたわ」

怪訝な顔をしている順一を見て大黒が説明した。

「疎開の頃のお粥は茶碗に米粒が浮いている感じで、茶碗の中に箸を入れても手を離せば倒れたのですって。私の作ったお粥は濃かったからお粥に箸が立ったのよ。それで大喜びでした。その様子を見て疎開の時の食事の様子が分かったわ。疎開の子たちは薄いお粥を啜って、辛うじて生きていたようなものだったのね。その頃の疎開の子たちの様子が目に浮かぶようだったわ。話を聞いていれば、蛙を捕まえて焼いて食べたこともあったということだわ」

「食用蛙を?」

「このあたりにそんな蛙がいるものですか。普通のひき蛙ですよ」

「そうでしたか」

順一は唸った。郷里の浜松で見たひき蛙を想像すると、吐き気を催すような気持ちであった。

そこでここへ来た目的を思い出した順一は、「ちょっとお聞きしたいことがあるのですが」と話題を切り替えた。

「粘土山へはどこから登ればいいのですか？」

「それならこちらへ……」

大黒は箒を持ったままで寺の建物を回り込んだ。寺の裏には山へ登る坂道があった。

「ここを登れば疎開の人たちが植樹をした禿山で、その禿山の峰の道を左の北の方向へ行けば粘土山になります。粘土山までは十五分もあれば着きます。粘土山へ行くのは今日は二人目ですね。疎開の会の司会をされた萩さんがあそこで絵を描いているはずですよ」

「その萩さんに会うためです。ありがとう」

順一は早速山道に入った。切り株が残っている殺風景な山のところどころに植樹がされていた。峰の道を歩いて行くと、丘のような山の上に萩の姿を発見した。萩は三脚を立てて眼下の景色を見つめていた。

「萩さん」

萩は順一の声に驚いて振り返った。

「この間はどうも……」

萩は目を瞬かせて言った。

「この景色に魅せられて描いている。疎開の頃にここでスケッチしたことが忘れられなくてね」

「素晴らしいじゃないですか」

描きかけの油彩の画面には眼下の景色が広がっていた。盆地の中央を天竜川が蛇行しながら流れている。それを取り巻いている水田と集落。遠くには晴れた空の下に中央アルプスの山並みがあった。

「仕上げはこれからだよ」

萩は右手に筆、左手にパレットを持ったままだった。

「天野君といったね。君も絵を描くの？」

「子供の頃は絵を描くのが好きでしたが、最近は仕事に追われて縁遠くなってしまいました」

「新聞記者は忙しいのだろうな」

そう言ってから萩は落ち着いた口調で話し始めた。

「僕は景色を描いているのではないのだよ。ここから見える山にも川にも家にも神が宿っていると思っている。その神を描き出すのが僕の仕事だ。森羅万象に神が宿っているというのが日本人が石器時代から抱いていた感性だ。それをアニミズムと言っているけれど、それこそが日本人の根源的な感性であり文化だ。僕はこの広大な景色の絵の中に神の存在を描き出したいと思っている」

「アニミズムですか。八百万の神ですね。分かるような気がします」

順一は言葉の意味を考えながら頷いた。

「この間は幹事の花岡君が、『人間、この愚かなるもの』と挨拶したけれど、森羅万象に宿る神を見出す文化を持てば、戦争のような殺し合いはなくなる。あの悲惨な戦争もなくなる。僕はそれを願ってこの絵を描いているのだよ」

「素晴らしいことですね」

「絵が出来上がったら、妙光寺と松井医院に差し上げるつもりだよ。僕と姉の二人がお世話になっているからね」

その言葉を聞いて、順一はここへ来た目的を思い出した。

「一休みしませんか。ちょっとお聞きしたいことがあって……」

「何のこと？」

二人は草の上に腰を下ろした。松井医師から聞いた萩の姉の話をすると、萩は黙ったまま真剣に聞いていた。

「そうか。君が犯人捜しに協力してくれるか。新聞記者なら見通しが持てる。それで君が考えている犯人の見当は？」

「松井先生によれば、犯人を知っているのは、疎開の時の先生、疎開の寮母、それに村の駐在の巡査の三人ということでした。その中の一人が見つかれば見通しがつくと思います」

「僕も同じことを考えたのだよ。訓導の篠塚先生は東京へ戻って間もなく病死している。当時は死病と言われていた肺結核だった。あとの二人はここの地元の人だ。それを捜すために昨日の午後の半日を費やした。それで判明したことは、寮母の三石さんは終戦の直後にこの粘土山から落ちて死亡している。この下は切り立った崖になっているだろう？　誤って転落したことになっているけれど、寮母が何のためにここへ来たのか僕には理解できない」

「そんなことがあったのですか」

順一は崖の下を見下ろした。地面はビルの三階から見る距離にあった。ここから落ちれば死は必至であった。順一の様子を見て萩が説明した。

「この崖は粘土を取るために削り取ってできたものだ。この下の方に檜の大木がある広い屋敷が見えるだろう。あれが当時の上野村長の家で、一般には上野屋敷を呼ばれている。あそこで粘土を焼いて煉瓦《れんが》を国へ供出していたのだ。煉瓦は戦場の防空壕などに使われていたということだった」

「そうでしたか。寮母が亡くなっていれば、残っているのは駐在さんだけになりますね」

「それを調べたけれどどこにいるのか分からない。駐在所は今もこの下の四つ角にあって、そこで訊いてみたけれど、昔のことは記録に残っていないということだった。戦時中の書類は終戦の時に燃やしてしまったというから」

順一は上の原の農耕隊のことを思い出した。あの時にも終戦と同時に関係書類は焼却したと聞いていた。心に疚しいものを持っている人が、自分の身を守るために証拠の隠滅を図ったのだろう。

「天野さんにお願いがある」萩が口調を改めた。

「新聞記者は忙しいと思うが、駐在の巡査のその後を調べてはくれまいか。その巡査には記憶が残っていると思う」

「成果の程は分かりませんが、精いっぱいやってみましょう」

「お願い。それじゃあ……」

萩は立ち上がって絵の続きに移った。その真剣な様子に見て順一はそこから離れて山道を逆戻りした。

順一は萩からの依頼が気になっていたが、複数の特殊詐欺の事件があったために、その取材に追いかけられていた。そういう時に松井医院の看護師から電話があった。

「疎開の萩さんが粘土山から転落したのですって。先生は出掛けているので、私が天野さんに電話をするように頼まれました」

それを聞いた順一は、粘土山から見た下の様子を頭に浮かべた。あそこから転落していれば死亡していると考えないわけにはいかなかった。

順一は支局長に事情を話して新聞社を飛び出した。粘土山の下へ駆けつけると、そこには三人の警察官が地面を這って転落の痕跡を探していた。

「落ちた人はどうなりました？」

警察官は順一を見て答えた。

「市立病院へ運ばれた」

「状態はどうでした？」

「あそこから落ちたのですからねえ」

そう言って粘土山の上を見上げた。それは死亡を示唆していた。順一は粘土山を見上げて、粘土を採取するために削り取られた山の腹が六十度近く傾斜していることに気付いた。

「ここを落ちたのですか？　まさか自分で……」

順一は声を詰まらせた。だが万物に宿る神の存在を描いていた萩が、ここを飛び降りて自殺するはずがない。絵を描いている最中に誤って転落したと考えられないこともなかったが、そのように考えても釈然としなかった。

「ご苦労さまです」

順一は警察官に言って車を市立病院へ向けた。病院の救急棟の窓口で尋ねた。

「粘土山から落ちた人はどうなりました？」

窓口の職員は順一の腕章を見て素っ気なく答えた。

「警察へ回っています」

「ありがとう」

順一が警察署へ直行すると、マスコミの溜まり場には四人の新聞記者の姿があった。いずれも年配のベテラン記者であった。

「転落の原因は分かりました？」

順一が訊いたが誰からも返事がなかった。待機しているところへ警察官が顔を出して言った。

「転落したのは東京から写生に来ていた画家と判明した。粘土山の上で絵を描いていて転落死したものと思われる。転落の状況については現在調査をしているところだ」

「絵を描いていて転落したとは考えられないけれど……」

新聞記者の一人が咎めるように言うと、警察官がムッとした声で応えた。

「絵を描くために、崖際で下を覗いて観察するということもある」

「事件の可能性は？」

「粘土山へ登ったのは本人以外にはいなかった。一人で登って一人で落ちたと考えるのが至当だ」

それだけを言うと警察官はその場を離れた。記者たちもぞろぞろと帰って行った。順一には警察官の説明に釈然としないものが残った。萩があそこから誤って転落したとはどうしても考えられなかったのである。

順一はその足で妙光寺へ向かった。玄関で大声を出すと住職が出て来た。

「ああ、この間の……」

住職は順一を憶えていた。

「お世話になりました。あの時の司会をしていた萩さんが粘土山から落ちたということですが……」

「そのことで先刻も警察が来ていろいろと聞いて帰ったところだよ。今日も私が朝のお勤めのあとで庭に出ると、萩さんが挨拶をして山へ登って行った。今日で三日目になるのかな。絵の道具を抱えて張り切って登って行ったよ。出来上がった絵は寺へ寄贈すると言ってくれていた。それがこんなことになるとは想像もしなかった」

「萩さんの他にここを登った人はいませんでした?」

「粘土山へ行く道はここしかない。他には誰も通らなかった。寺の中にいても人が通れば気配で分かる。それに妻が庭の掃除をしていたから見落とすことはない。警察にもそのことを訊かれたよ」

「分かりました」

そう応じたものの順一の気持ちには釈然としないものが残った。その原因には粘土山の上で絵を描いていた萩のイメージがあった。

「萩さんが崖際で下を覗くというのは不自然だ。萩さんが描いていたのは、崖下の様子などではなかった。自然の中に宿る神を描くのだと言っていた。そのためには身を乗り出して崖下を覗く必要はない」

疑問が残ったが、新聞社に戻った順一は、警察発表を基にして記事を書いた。翌日の新聞記事はどの新聞も同じ内容で、転落死の事実を伝えるにとどめていて、転落の原因を問題にした記事は見当たらなかった。


順一は抱いた疑問を自分の頭から払拭することができなかった。萩の転落死の原因は三つが考えられる。過失による転落、自殺、誰かによる殺害の三つの場合である。

順一には前の二つはどうしても納得できなかった。誰かに突き落とされたのではないかと疑った。妙光寺の住職は粘土山に登った人は萩以外にはいないと言っていたが、見落とすということもある。だからそれをそのまま信じることはできなかった。

考えた末に順一が考えたのは、警察に出向いて伊東刑事に真相を聞いてみることであった。新聞記者として日常的に警察に出入りしていた順一と接触が多かったのは、刑事課の伊東刑事であった。

警察署に出向くと伊東刑事が順一を見つけて声をかけた。

「今日は何もないよ」

伊東刑事は捜査のベテランであった。順一は伊東刑事に近寄って秘密めかして言った。

「話したい大事なことがあります。他の人に聞かれたくないから、二人だけのところでお願いしたい」

「それなら取調室だ」

伊東刑事は待っていたかのように取調室へ入って行った。順一が取調室へ入ってみると、内部はテレビドラマで見るような部屋であった。中央のテーブルに着いた伊東刑事は、順一を前にして言った。

「粘土山の転落事故のことか?」

「僕の顔に表れていますか?」

順一が訊くと伊東刑事は笑って言った。

「そのことについては記者会見で話したはずだ。何か新しい情報があるのか?」

「萩さんが誤って転落したというのは僕には納得ができません。僕はその二日前に粘土山で絵を描いている萩さんに会っています。そこで描いている絵について話を聞きましたが、崖から下を覗かなければならないような絵ではありませんでした。それに絵を描いている場所は崖から三メートル以上は離れていました」

「それなら自殺だというのか?」

「それもないと思います。萩さんはこの世のすべてのものには神が宿っている、それを描き出すのが自分の仕事だと言っていました。そのアニミズムという世界については僕には理解ができます。そういう萩さんが自分から死を選ぶわけはありません」

「難しい話だな。それなら誰かに突き飛ばされたということか？」

「僕はその疑いを持っています」

「動機は？」

「それは分かりません。これから明らかにしたいと思っています」

「まるで刑事のようだな」

伊東刑事はバカにしたように口を開けて笑った。だが、順一の言い分を頭から否定したのではなかった。

「警察が過失によるものと判断したのは状況証拠によるものだ。絵を描いていた三脚はそのままになっていたし、絵の道具もカバンの上に置かれていた。それにあの崖の上部には本人が滑り落ちた痕跡が残っていた。自殺であれば遠くへ身を投げるはずだ。その場合には崖の上部には痕跡が残らない。ずるずると滑り落ちたものと思われる。それに何より動機がある。彼は高校の美術の教師を辞めてから絵に専念していたけれど、なかなか画家として芽が出なかった。それで焦っていろいろな試みを繰り返していた。これは東京の奥さんから聞いたことだ。そういう人が崖の下を覗いたとしても不自然ではない」

「警察の見解も分からないことはないのですが、僕には疑っていることがあります。萩さんが疎開の思い出会にこちらへ来て、そのまま居残っていたことは、警察でも分かっているでしょう？　その居残りの目的が二つあったと本人から聞いています。一つは絵を描くことだったけれど、もう一つは疎開の時に姉に暴行して自殺に追い込んだ犯人を捜すためでした。僕はその犯人が怪しいと思っています」

順一は漠然と描いていた疑問を率直に吐き出した。伊東刑事の顔付きが急に引き締まった。

「そんなことがあったのか。その犯人は誰なのだ?」

「萩さんはそれを捜していたのです。もう七十年も前のことだから、簡単に見つかるとは思われないし、犯人は死亡しているかもしれない。その暴行犯が萩さんの転落に関係しているとは言い切れないけれど、僕は萩さんが何十年も心の中に描き続けていた暴行犯人を明らかにすることで、亡くなった萩さんの心残りを解決してあげることになると思っています」

「手掛かりはあるのか?」

「彼の姉が暴行を受けたのは終戦の三日前のことで、二人の中学生だったことは分かっています。犯人を知っている人は、当時の村の駐在さんだけだと思います。暴行の時に医者から通報を受けていたというから。その駐在さんの名前が警察では分からないだろうか」

「ふーん……」

伊東刑事は順一の話に本気で乗ってきた。

「それは昭和何年のことだ?」

「終戦の三日前というから昭和二十年の八月になります。終戦が八月十五日だから、犯行は八月十二日か十三日になります」

「その頃の村の駐在の巡査の名前が分かればいいのだな。当時の名簿を調べれば分かるかもしれない。生きていればだけれど」

「萩さんは生きていなくても名前が分かればいいと言っていました」

「それなら死者が死者に復讐することになるのかな」

そう言った伊東刑事の眼は笑ってはいなかった。

「分かったら電話をするよ。ただし、昔のことだからあまり期待しないで欲しい」

順一は取調室を出た。その時に伊東刑事が「小坂君」と若い刑事を呼びつけて話をしていた。

「学童疎開って何のこと?」

小坂刑事の声が順一の耳に届いた。伊東刑事が昔の名簿を調べることを指示していたに違いなかった。

翌日に小坂刑事から順一に電話があった。若い小坂刑事の声にはためらいがなかった。

「天野さんが捜しているのは河上丈雄という人でした。戦時中にそういう人が村の駐在にいたことは名簿に載っていました。しかし、河上さんは終戦の直後に警察を辞めています。河上さんの住所は村にあったのですが、現在はそこには家がなくて荒地になっています。聞き込みもしたのですが、あのあたりは畑になっていて住んでいる人がいないので、その後のことは分かりません。これが精いっぱいのところです」

「ありがとう」

電話を受けた順一は、その場で次の方策を考えていた。その時に思い付いたのは、疎開の子たちの寮母のことであった。本人は死亡していると聞いているが、その家族には何らかの記憶が残っているのではないかと考えたのである。

松井病院へ電話をすると、松井医師の艶のある声が返ってきた。

「寮母だった三石さんの家では養鱒業をしている。しかし、三石さんは戦後間もなく亡くなっている。そう言えば……」

松井医師の声はそこで途切れた。

「何かあったのですか？」

「三石さんも粘土山から転落して死亡したのだった。萩君の場合と同じ場所で死んでいる」

「松井先生が検視をしたのですか？」

「私は小学生だったのだから検視をするはずがない。検視をしたのは親父だった。そう言えば思い出したことがある。あの時にも上野村長から圧力がかかって、親父は不承不承に本人の不注意による転落死としたようだった。親父が割り切れない顔をしていたことを憶えている」

「萩さんはその二の舞だったというわけですね。すると同じ犯人によって崖から転落させられた疑いも考えられないことはないわけですね」

「そうだなあ……」

松井医師は考え込んでいたが、そこで急に口調が変わった。

「萩君の密葬が明後日に決まった。妙光寺で簡単な密葬を行って、遺骨を東京へ持ち帰って正式の葬儀をする予定だと聞いた。萩君の奥さんは昨日からこちらに見えている。引き続いて疎開の集まりの幹事が来ることになっている。密葬には君にも同席してもらいたいと寺の住職が言っていた。疎開の会のことでは君にもお世話になっているからね」

「明後日の何時からですか？」

「午後一時半から妙光寺の本堂で行うことになっている」

順一にはその時に集まった人たちの間で、萩の死について情報を得られるという期待があった。萩の葬儀が本来の目的であるが、その事態を引き起こした事情を明らかにしなければという気持ちだった。

順一はそれから松井医師に教わった三石養鱒所へ赴いた。南アルプスの前山を背にした池には、無数の魚（信州サーモン）が行列をつくって泳いでいた。順一にとっては初めて見る光景だった。海に近い郷里の浜松ではそのような池を見たことがなかった。

主人は寮母の甥にあたる人で、爽やかな口調で話をしてくれた。

「亡くなった叔母さんのことですか。僕が生まれる前のことだけれど、粘土山から落ちて死んだと聞いています。それも誰かに突き落とされたのではないかと聞いています。亡くなった親父がそう言っていました。終戦後間もない時のことだから無理もないけれど、誰かの圧力があったようで結果は有耶無耶になってしまったと聞いています」

「誰かの圧力というと？」

「圧力をかけたとすれば上野村長でしょう。あそこは村の殿様のようなもので、息子の上野正志は国会議員を務めて、現在はそのまた息子の浩史があとを継いで議員になっています。現在の上野屋敷には正志議員の妹が、正志の秘書の大出満さんと結婚して一緒に住まっています」

「秘書の大出さん夫婦はあの屋敷にいるのですか？」

「今は大出さんの息子さんが東京で上野浩史の秘書をしています。こちらにいる親父の大出満さんは愛想がいいから、このあたりでは人気があります。上野家が代々議員をやっておられるのは大出家のお陰じゃないのかな」

順一の心の中に大出に対する疑惑が濃厚になったのはこの時であった。町子に乱暴した一人は大出満で、もう一人が上野正志ではなかったのかと思ったのである。共に当時の中学生だったと考えれば、暴行犯であった可能性がある。息子のために上野村長が事件の揉み消しに一役買ったことも頷ける。すると今度の萩の死は、昔の犯行がばれるのを阻止するための犯行と考えられないこともない。順一の思考は激しく揺れ動いていたが、早急に結論を出すことは危険であると思い直した。このことについては萩の密葬の機会に、参加した人たちと相談してみることにした。

萩の密葬に集まったのは、萩の奥さん、それに花岡武史、松本隆一、安土敏弘であった。この三人は疎開の集まりの幹事であった。

妙光寺の本堂の須弥壇には、萩の遺骨と遺影があった。住職の読経の間に参会者は正座して手を合わせていた。

「それでは順番に焼香してください」

全員の焼香が終わると本堂の中央に人の輪ができた。萩の奥さんを含めて東京から来た四人の他には、松井医師と順一、それに袈裟を着けた住職であった。

最初は生前の萩を偲ぶ話であったが、途中で順一が思い切って問題提起をした。

「僕は萩さんの死因に疑問を持っています。萩さんは誰かに崖から突き落とされたのではないかと疑っています」

すると松本が即座に同調した。

「そのことは先程も話題になっていた。萩君は子供の頃から用心深かった。学校へ行く途中の道に丸木橋があった。あそこを渡る時には、萩君は用心深く這うようにして渡っていたことを憶えている。あの用心深さは大人になっても変わっていないと思う。僕には萩君が崖の下を覗いて転落したとはどうしても信じられない」

安土が頷いて続けた。

「僕も同じだ。萩君は誰かに突き落とされたのではないかと疑っている。その時間には僕たち東京の者はここにはいなかった。突き落とした人がいるとすれば地元の人だ。新聞記者の天野君には心当たりがないか？」

「これは僕の想像ですが、萩さんの姉の町子さんが疎開の時に暴行を受けて妊娠して、多摩川で自殺したと聞いています。萩さんの転落は町子さんの事件に関係があるのではないでしょうか。萩さんはその犯人を捜すのが、こちらへ来た目的の一つでした。その犯人が自分の過去の犯行がばれそうになったので、絵を描いている萩さんを突き落としたのではないかと僕は想像しています。これはあくまでも僕の勝手な想像ですが」

「町子さんのことは僕も萩君に聞いている。それで犯人の目星は？」

警視庁刑事の前歴を持つ花岡の鋭い声であった。順一はためらっていたが、「僕の勝手な想像ですが」と再度断って言った。

「町子さんに暴行したのは二人の中学生だったということです。これも僕の勝手な想像ですが、その中学生というのは前衆議院議員の上野正志と地元秘書の大出満ではないかと思います。当時の村の権力者の上野村長が揉み消しを図ったということですから。今回の萩さんのこともそれに関係があるのではないかと疑っています。旧悪がばれれば現在の上野浩史議員の選挙に大きく影響しますから」

「僕も最初から漠然とそれを考えていた。しかし、それだけでは裁判にはならない。疑うだけの確かな証拠がなければならない」

花岡が刑事であったことを順一は改めて思い浮かべた。それはそのとおりなのだ。

「町子さんが暴行を受けた時のことを知っていると思われる人が一人います。それは当時の村の駐在の河上丈雄という人です。それで警察に頼んで調べてもらったのですが、終戦直後に警察を辞めて、その後は行方不明ということでした」

「地元警察に保管してある名簿で調べたのだと思うが、当時のことだから地元警察内だけの名簿だろう。戦争直後には自治警察と言って地元だけで事件の処理をしていた時代があった。それは戦時中の警察のあり方の反省に基づくものだった。それで当時の警察署の間には情報のやり取りが希薄になっていた。私はここの県警本部に知り合いがいる。それに頼んで再度調べてみてもらうことにしようか」

「そうしてくれないか。その人が見つかれば町子さんの暴行犯の見当が付くだろう。それは証拠の一つになる」

松本がそう言うのを聞いて安土が言った。

「松本君は弁護士だからな」

「そうだったか」

住職がため息をついた。

「刑事と弁護士が揃ったか」

順一にはもう一つのこだわりがあった。それも思い切って口に出してみることにした。

「あれが事件の場合、萩さんの実行犯は、粘土山へ登る道筋や、萩さんがあそこで絵を描いていることを知っている人でなければならない。住職は近くにいたのだからその人の見当がついていませんか？」

「あの日の朝には絵の道具を持って山へ登る彼に会っている。前日までは昼頃には山を下ってきたが、あの日に限って姿を見せなかった。それから午後になって蝶を捕りに来た子供たちが崖下に死体を発見して大騒ぎになった。粘土山へ登る道は寺の上の一本だけだから、その日に他の人が登っていれば私には気がつくはずだ」

それを聞いて順一が言った。

「大出が隠れて山に登ったのかもしれない。秘書をしていた大出は上野の屋敷で暮らしていると聞いています。僕が機会を見て上野の屋敷に行って直接当たってみることにしたい。国会議員の地元の取材だと言えば応じてくれるでしょう」

「そうしてくれるか。私も県警本部を通して河上丈雄の動静が分かったら電話で伝える。東京で萩君の葬儀があるから、それが終わったらまたこちらへ来るつもりだ」

「電話は私のところへもお願いしたい。私も本気になった」

松井医師が硬い声で言った。この事件の前後の事情に最も詳しいのは松井医師であった。

この場の話が終わると、奥さんが萩の遺骨を抱えて花岡の車に乗った。もう一台には松本と安土であった。順一は松井医師と住職と大黒と並んで車を見送った。

見送っている順一の胸の中には、白線の帽子の二人の中学生がいた。上野正志と大出満の二人であった。あの大きな屋敷を大出に委ねている上野は、二人で共通の秘密を抱えているに違いないと考えていた。


順一は翌日の早朝に花岡の電話を受けた。それを聞いた順一の口からは思わず声が出た。

「さすがに警視庁の刑事ですね」

「これでも捜査一課の刑事を務めたのだからね。長野県警には知り合いの警部がいるから、そいつに調べてもらった」

花岡が伝えたのは、昔の村の駐在の巡査河上丈雄の経歴と住所であった。河上は終戦の直後に警察を辞めたが、一年後には復職して、ここから離れた佐久地方で交通関係の仕事をしていた。定年退職後は自動車教習所の教官をしていたが、そこを辞めたあとは、生まれ故郷の伊那に住んでいるということであった。

「住まいはどこにあるのですか?」

「天竜川の西側にある住宅地に住まっているということだ。緑町二番地というところだ。君の新聞社からは離れてはいないだろう?」

「車で十分はかからないところです」

「それで約束して欲しいことがある。萩君のこちらの葬儀は明日になる。それが終わった明後日の午後に私はそちらへ行くことにする。だから、それまでは河上のことを調べるのを待っていてくれ。君と一緒に河上の家を訪れることにしたいから」

「約束します。明後日を待っています」

順一はそう言って約束したが、河上の家の場所が気にかかった。それで他の取材の途中で緑町に回って家の位置を確かめた。

河上の家は同じような住宅が並んでいる中の一軒であった。家の前に車を停めると、庭先にいた犬が盛んに吠え立てた。すると家から頭髪の薄い老人が顔を出して、「コロ。何かあるのか?」と言った。

順一は慌てて車を動かした。

翌々日、順一は新聞社にいて花岡武史が来るのを心待ちにしていた。約束の時間に新聞社に顔を見せた花岡は、まっすぐに支局長の前へ行って挨拶をした。

「粘土山で転落死した萩君のことで東京から来ました。萩君とは疎開の時に一緒でした。お聞きと思いますが、彼の死について天野記者の手をお借りして捜査をしてきました」

花岡はそれまでの事情を要領よく説明した。それは順一が支局長に伝えたことのある内容であったが、それを聞いて支局長が言った。

「そういうことなら天野君を自由に使ってください。萩さんの転落死については、私も警察発表をそのままでは受け入れられないでいたのです」

そう言って順一に顎《あご》で合図を送った。事件捜査に新聞記者が参加することは、警察が快く思わないのが普通である。新聞社にはそれに対する思惑があったが、相手が元警視庁の刑事であることを順一から聞いていた支局長は、快く二人を送り出した。

花岡の車に同乗した順一は河上の家へ案内した。

「家の場所だけは調べておきました」

順一は自分が事前に訪問してはいないことをそれとなく知らせた。河上の家の前で車を停めると、前回と同じに庭先の犬が吠え出した。すると老人が玄関に顔を出した。

「何か？」

「長野県警におられた河上さんですか？　長野県警の翠川警部の紹介でお伺いしました」

河上の表情がこの一言で緊張した。

「こちらへどうぞ……」

家では中年の女性がお茶を淹れて接待してくれた。

「娘だ。家内は五年前に亡くなったので、今は一人暮らしだ。娘が二日置きにここへ来て世話をしてくれている」

「大変ですね」

順一のさり気ない一言が、河上の気に障ったようであった。

「大変なものか。これまでの人生を考えれば今がいちばん大変でない時だよ」

この言葉尻をとらえて花岡が訊いた。

「これまでにいろいろと大変なことがあったのですね」

「おれは子供の時に大怪我をして右脚が五センチほど短い。それで戦時中に召集令状が来なかった。同年齢の男は戦場へ行って戦っているというのに、おれだけが置き去りだった。そういう時に村の駐在の巡査に召集令状が来て出征したので、おれもお国のために尽くそうと考えて駐在勤務を志願した。ところが間もなく終戦になったので、駐在勤務を辞めて元の農業に戻った。しかしおれは農業では満足できなかったので、警察官を志願して採用された。それからはここから離れた佐久地方を中心に交通の部署で仕事をしてきた……」

河上の話はまだ続きそうだったので、花岡がそれを止めた。

「村の駐在をしていた頃のことをお聞きしたいのですが」

河上はキョトンとした眼を花岡に向けた。

「駐在の頃？　あの頃のことは殆ど忘れたよ」

「疎開の子たちのことは憶えていませんか？」

「そういうことがあったね。妙光寺には疎開の子たちが大勢いたな」

「その一人が私なんです」

河上は花岡を直視した。

「憶えていないなあ」

「無理もありません。大昔のことですからね。でも疎開の女の子が二人の中学生に暴行を受けたことは憶えているでしょう？」

河上は頭をたてに振って頷いた。

「そんなことがあったな。それが何か？」

「その時の二人の中学生の名前を憶えていませんか？」

河上の表情が急に引き締まった。それから無言の時間が経過した。順一は堪え切れなくなって口を挟んだ。

「その時の女の子は、その暴行が原因で妊娠して自殺しているのですよ」

「自殺？　どこで？」

「戦争が終わって東京へ帰ってから、お腹に赤ちゃんが出来たことが分かって、それで多摩川に入って自殺したということです」

「そうか。あの子は大人のような体格をしていたからな。あの時に妊娠していたのか」

「その時の中学生の名前を教えてくれませんか？」

花岡が身を乗り出して訊いたが、河上は再び黙ってしまった。順一が脅すような声で言った。

「その子の弟がこのたび粘土山で誰かに突き落とされて死んだのです。それが疎開の時の姉への暴行に関係があると思うのです」

河上がようやく口を開いた。

「それなら粘土山から落ちたのは二人目だ。あの時の疎開の寮母があそこから落ちて死んだ。上野村長に命令されて過失死ということにしたけれど。じつはそのことがあったので、おれは警察にいることが嫌になって辞める気になったのだった。若い頃のおれは純粋だったからな」

「女の子の弟を粘土山から突き落とした犯人も、それと同じ犯人だと思うんです。暴行した二人の中学生の名前を聞かせてくれませんか」

花岡の声には真剣な気持ちが滲み出ていた。それで河上はついに口を割った。

「上野村長の息子の上野正志と友達の大出満だよ。あの頃には村から中学へ進学したのは六人だけだった。六人は豊橋の工場へ勤労動員で出ていたのだったけれど、お盆には家に帰っていたんだ」

「やっぱりそうでしたか」

順一がため息をついた。これで目的を果たしたという気持ちであった。だが花岡は違っていた。

「女の子に暴行したのはその二人であることが分かっても、その二人が今度の事件に関係していたのかどうかは分かりません。何か心当たりはありませんか？」

「それはおれにも分からない」

河上はそれから目を虚ろにして話し始めた。

「あの頃の上野村長は村の絶対的な権力者だった。疎開の女の子が暴行された翌日に駐在へ来て、今度のことはなかったことにしろと言った。将来性のある中学生をそんなことで駄目にすることはできないと言った。それでおれは折れた。折れなければ村で生活できないものな。そしてすぐに終戦。そのあとで疎開の時の寮母が粘土山から落ちて死んだ。あの山の持ち主は上野村長だった。その結果は先程の話のとおりだ。おれはそれから一年ほどで警察に復帰したけれど、おれの勤務地はここから離れた佐久地方だったので、伊那のことは忘れようと努めてきた。でも歳を取ると生まれ故郷が懐かしくなるものだね。村へ帰ろうとしたけれど、家は親父の代で打ち壊していた。それでここへ家を建てて住むことになったのだよ」

「波乱に満ちた人生でしたね」

順一がため息交じりに言った。

「おれの場合とは反対だけれど、波乱に満ちていたのは上野屋敷も同じことだ。おれがここを留守にしている間に上野村長の息子の正志が衆議院に当選した。相棒の大出は上野正志の妹と結婚して地元の秘書になった。現在は正志の息子が議員を引き継いでいる。親父は東京で何かの会社の顧問をしていると聞いている。あの一族は先祖が村の開拓者だったというから、その血を引いて政治に関心があるのだろうよ」

「それならこちらの家には妹と大出が暮らしているのですね」

「そう聞いているけれど、今のおれには詳しいことは分からない」

「大変に参考になりました」

花岡が頭を下げると、河上は縋《すが》るような顔付きになった。

「この話はおれから聞いたことにしないでくれ。近くには上野の親戚もいるから、知られればおれが排斥される」

「分かっています。心配しないでください」

「それではこれで……」

順一が立ち上がると、河上の娘が「それならこれを……」と言って、袋に包んだものを手渡してくれた。

「これはうちで作った干柿です。遠慮なく持って行ってください」

「お世話になったうえにお土産までいただいて……」

花岡が遠慮しながらお土産を受け取った。

順一の心の中では、次にやらなければならないことが固まっていた。それは大出に事情を聞くことだった。その時の順一には、萩を崖から突き落としたのは大出だという確信があった。

順一が車の中で花岡に問いかけた。

「これからどうしたらいいのでしょうか？」

「関係者の相談が必要だね」

前方を睨んで運転していた花岡が、それから思い付いたように順一に訊いた。

「勤めは何時に終わるの？」

「特に決まってはいません。何かあれば時間を合わせます」

「それなら六時にMホテルへ来てくれないか。そこで食事をしながらこれからのことを考えたい。

私はMホテルに泊まることになっている」

「Mホテルのどこへ行けばいいのですか？」

「フロントで聞いてくれ。松井医院の先生にも声をかけておくから三人で相談することにしよう。疎開の時とその後の記憶の持主は松井先生だから」

それは順一も考えたことであった。村の過去の事件と現在の事件のつながりを知っているのは松井医師なのだ。

順一が午後六時にMホテルを訪れると、フロントで案内されたのは一階のレストランの横の小部屋であった。テーブルでは花岡と松井医師が向き合って話をしていた。

「ここへ座ってくれ」

花岡が自分の隣を指示した。それから松井医師に向かって話を続けた。

「……疎開の時の暴行の犯人が、上野正志と大出満の二人らしいことが分かったけれど、これは駐在の河上丈雄の記憶であって確たる証拠はない。それに七十年前の記憶では証拠能力が弱い。松井君はそこをどう考えているの？」

「私の記憶も不確かだ。二本の白線が帽子についていたことは聞いている。当時の旧制中学の帽子には二本の白線がついていた。それが中学生であったことは間違いないと思うけれど、それが上野と大出だという確信はない。その他にも何人かの中学生はいたはずだから。残念なことは……」

「残念なこと?」

「診察した親父がその子の体に何の手当ても加えなかったことだ。あの時代だから無理もないことだったが……」

「小学生が妊娠するとは思わなかったろうからな」

その時に小柄な女性がカートを押して部屋に入って来たので、花岡の言葉が途切れた。

「お酒はどう?」

花岡の勧めに松井医師は首を横に振った。

「私は車だから」

「それならすぐに食事だ」

花岡がそう言って食事が始まった。食べながらの話題は先程の続きであった。

「現在の問題は萩君の転落死のことだ。寺の住職の話では、あの日に粘土山へ行ったのは萩君だけだったということだ。それが事実かどうかの検証が曖昧《あいまい》になっている。それを明らかにしなければならない」

「僕もそれを疑っています」

順一がそう言って同調した。それは最初から抱いていた疑問であった。

「それに上野と大出のアリバイも明らかになっていない。上野正志は東京にいることが多いけれど、事件の日の二人の動静を調べることは捜査の基本だ。それをしないで疑惑だけを抱いていることは怠慢になる」

「花岡さんのおっしゃる通りだと思います。それを確認しないで疑惑を寄せていることは問題があると思います」

順一に続いて松井医師が硬い声で言った。

「それで具体的にはどうすればいいのかな？　ここで花岡君の方策を聞かせてもらおうではないか」

「ぜひ聞きたいですね」

順一が頷いた。

「じつは先程、時間があったので昔の旧制中学、現在の高校へ行って来た。そこで事情を話して当時の卒業生名簿を見せてもらった。話題の二人は昭和二十一年の三月に卒業している。問題はその頃に中学に在籍していた村の中学生だ。調べてみると六人が出てきた。村から当時の旧制中学に進学した人は少なかったのだね。その名前と住所はこの手帳にメモしてある。二人を除いた四人については、これから身元を調べる予定だ」

「手回しがいいね」

松井医師が言葉を挟むと、花岡は顔を綻ばした。

「そうやって調べるのが私の仕事だったからね。明日は粘土山を中心に調査を続ける予定だ。粘土山の下のあたりは果樹園や畑になっている。その時間に野良仕事をしていた人がいれば何かに気付いているはずだ。お寺の住職の気づきの他に何かが出て来ればいい。そこで松井君にお願いだけれど、上野の屋敷へ出向いて大出に会って欲しい。大出とは昔のことを話題にしたうえで、萩君が転落した当日のアリバイを確かめて欲しい。それがさり気なくできるのは松井君だと思う。昔からの知り合いになるからね」

「大出と会うのは私だけということ？」

「記者の天野君と一緒にお願いしたい。記者は議員の地元の取材を口実にすればいいのだからな。私のようなよそ者が顔を出せば、緊張して本音を出さないから」

「それもそうですね」

順一が頷いた。村には身元の分からない人を警戒する気風があることは、それまでの経験で分かっていた。

それからの話題は萩町子の自殺のことに移った。花岡は東京での萩精一の葬儀のあとで、町子について記憶がある人を探したということだった。その記憶は精一の妻には残っていたが、夫にそういう姉がいたという程度の記憶であった。

「終戦のどさくさの中だから無理もないけれど、町子はあの戦争の犠牲者の一人だった。今度の萩精一君の死がその時の事件に関係あるとすれば、彼もまた戦争の犠牲者ということになる」

花岡の発言は順一の心に響いた。戦争の後遺症はいつまで続くのかという気持ちであった。

「人間、この愚かなるもの」

これは疎開の思い出の会の席での花岡の挨拶の言葉であった。


大出が生活している上野屋敷に、松井医師が電話をすると若い女性の声があった。

「おじいさんは午前中は病院へ行くので午後なら家におります」

「どこが悪いの？」

「足に怪我をしましてね」

「それなら午後三時にお伺いします」

電話を切った松井医師は、今度は順一に電話を入れた。順一の声は張り切っていた。

「僕が車でそちらへ回るので待っていてください。いよいよですね」

順一は午後二時半に新聞社を出て車を村へ向けた。松井医師を車に乗せて上野屋敷に着いた時は、午後三時の手前であった。

二人は大出の孫娘にリビングルームへ案内された。外見は古い建物であったが、中は改造されてカーペットの上に新しいソファが置かれていた。硝子戸の外には、白い花をつけたリンゴ園の向こうに粘土山と禿山が連なって見えた。

娘の淹れたお茶を飲んでいると、大出の奥さんが姿を現した。年齢を感じさせない上品な和服姿であった。

「いらっしゃい。松井先生にはその節はお世話になりました。お陰様で私はあれから大きな病気をしたことがなかったわ」

「結構なことですね」

そこへ現れたのが大柄な体で松葉杖を突いた大出だった。大出は松井医師に挨拶をして順一に訝《いぶか》し気《げ》に眼を移した。

「毎朝新聞の天野順一と申します。松井先生と一緒にお伺いしました」

順一は名刺を差し出した。

「今日は何か？」

大出は杖をソファに立て掛けて腰を下ろした。その様子を見て松井医師が言葉をかけた。

「足をどうされました？」

「リンゴの剪定をしていて脚立から足を踏み外してね。それで足首の捻挫《ねんざ》をしてしまった」

奥さん同様に年齢を感じさせない明るい声であった。その言葉をとらえて松井医師が尋ねた。

「それはいつのことでした？」

「もう一週間前になるのかな。あの時は松井先生に診ていただくことができなかった。足が痺《しび》れて痛くて動けなかったので、救急車で市立病院へ運んでもらった。痛みは消えたけれど、大事をとって杖の生活をしている」

「それは大変でしたね」

松井医師が言うのを聞きながら、順一は大出の顔に何かで擦《す》れた傷跡があることに気付いていた。傷跡には塗り薬の痕があった。

「リンゴ園は広いのでしょう?」

順一が訊くと大出が答えた。

「一ヘクタールに近い広さだからね。その管理が私に任せられている。リンゴ栽培というと収穫期を頭に浮かべる人が多いけれど、一年中手を加えなければ立派なリンゴにはならないからね。それで随時アルバイトを雇って仕事をしてもらっている」

「上野正志さんはこちらには顔を出しますか?」

「議員を辞めてからは一年に二度だけかな。盆と正月には顔を見せる。代わって息子の浩史議員が月に一度か二度はここへ見える。ここが地元の選挙区だからね。浩史議員は現在は二期目に入っている。私は正志君に引き続いて浩史議員の地元秘書ということになっている。この歳だからぼつぼつ引っ込もうと思っているのだが、後釜が見つからなくてね」

「大出さんのお子さんはどうされているの?」

「私の息子は東京で浩史議員の政策秘書をしている。ここで一緒に暮らしているのは出戻りの孫娘だ」

「そうでしたか。息子さんと親子二代で上野議員に奉仕しているというわけですな」

「運命のようなものだね」

大出はそう言って笑った。大出と松井医師のやりとりを聞いていた順一が、その時に横から話しかけた。

「大出さんと正志さんとはどういう関係にあるのですか?」

大出は嫌な顔を見せたが、思い直したように答えた。

「上野正志君とは子供のころからの友達だよ。正志君は大学を出て当時の通産省へ入ったのだったが、この国を立て直すには政治家にならなければと言って衆議院議員に立候補した。その時の応援団の筆頭に立ったのが私で、それをきっかけに秘書の役をするようになった。それに正志君の妹と結婚してこの屋敷に住むようになった」

その時に隣の奥さんが口を挟んだ。

「私も主人も一生を兄に使われていたようなものですよ」

「そういうことになるのかな」

大出が口を開けて無邪気に笑った。順一はそれを見て、無邪気なところが地域の人々に信用されているのだなと思った。

「それで今日は何の用事なの？」

そこで大出の態度が変わった。これには松井医師が答えた。

「疎開の時のことをお聞きしたいと思ってね。終戦当時の大出さんはどうしていました？」

「勤労奉仕で豊橋の工場に動員されていたよ。終戦の詔勅を聞いたのはお盆でこちらに帰っている時だった。詔勅のラジオ放送を聞いて大きなショックを受けたね。本土決戦という軍の掛け声があって、本土で米兵を戦う覚悟を決めていたのだから」

「米兵とどうやって戦うつもりでした？」

大出の答えは順一がかつて聞いたことのあるものだった。

「竹槍で米兵を突き刺して殺すように命令されていた。あとで考えればばかばかしい話だけれど、中学生の私は本気でそれを考えていた。上野正志君も勤労動員が一緒だったから、その気持ちは同じだった。終戦のショックから立ち直った時に、正志君は本気で平和な日本をつくることを決意したのだね。私はそのお手伝いをしたというわけだ」

そこで松井医師が言ったのは、順一が初めて聞くことであった。

「終戦のあとで上野村長は公職追放になったのだったね。それで私の父が村長に立候補して八年間務めた。父が村長の時には松井医院は閉鎖されていたから、大学を卒業した私があとを継いで医院を復活させたというわけだ」

「松井医院が再開した時には地元の人は喜んだね」

そこへ孫娘が菓子を持って来てテーブルに置いた。順一が何度か味見をしたことのあるイチゲンという地元の菓子だった。

「どうぞ。おあがりになって」

「私はこれに目がなくてね。中に入っている餡《あん》の味がいい」

松井医師がイチゲンを口に運びながら話題を変えた。

「この間、疎開の子たちの思い出会が妙光寺であって、私もそこへ呼ばれた。疎開の子の中には私の同級生もいたからね。その一人が萩精一君だった。萩君が粘土山から落ちて亡くなったことは聞いているでしょう?」

「絵を描いていて誤って転落したとか」

順一は大出の表情に微妙な変化を見ていた。自分の感情を押し殺そうとしている表情であった。

「萩君は私と同じ教室で勉強した仲だった。萩君の一歳上の姉は、疎開の時に暴漢に襲われて妊娠してしまった。それで東京へ帰って間もなく多摩川に飛び込んで自殺した。姉弟で同じような不幸が続いたものだ」

大出の顔が蒼白になった。だが声は落ち着いていた。

「そうでしたか」

そう言っただけであった。順一はこの一言の中に、大出の犯行を見たと思った。同時に頭に浮かんだのは、上野正志が大出を秘書にしたのは、昔の犯行がばれないようにするためだったのだということだった。

それから大出が話題を変えてイチゲンの菓子の説明を始めたので、座が白けてしまった。

「それでは私たちはこれで失礼する。足を大事にして早く治してください。リハビリを忘れないように」

松井医師と同時に順一は立ち上がった。順一は萩町子と萩精一の姉弟への加害者が大出であることを確信していた。

大出は町子が多摩川で自殺したことを知っていたのだ。だから聞いて蒼白な表情になっても動揺しなかった。それに萩精一の転落の話題の時にも、表情を変えても落ち着いていた。自分の感情を必死で抑えていたのであろう。


その日の夜も順一、松井医師、花岡の三人はMホテルの部屋に詰めていた。そこでは松井医師から大出を訪問した時の様子が詳細に語られた。話し終わった松井医師が順一に言った。

「何か付け加えることは?」

順一はそこで心にあったことを口にした。

「大出は萩町子さんが自殺したことを知っていたのではないでしょうか？　自殺したと聞いても問い返したりしなかったから」

「私もそれを思った。あの終戦のどさくさの中で、大出はどうやって東京で起きたことを知ったのだろう？」

松井医師もそう言って同意したが、それはこの場で考えても分かることではなかった。そこで花岡が話題を転換した。

「そのことは大出の尋問で明らかになるだろうが、東京にいた上野正志がその後になって伝えたことは十分に考えられるけれど。それでは私が一日をかけて調べたことを聞いてくれ」

「萩精一君の死の真相が明らかになったのだね」

順一はボイスレコーダーのスイッチを入れた。花岡の話しぶりは自信に満ちていた。

「私は粘土山へ登ってみた。刑事は現場百遍だからね。妙光寺の境内から山へ入ったけれど、妙光寺の住職にも大黒にも気付かれることはなかった。住職は境内を人が通れば気付くと言ったというけれど、それは住職と大黒の思い違いだ。私に気付けば声をかけてきたはずだ。それで禿山を経由して粘土山へ登った。あそこの展望はじつに素晴らしい。伊那の盆地の景色が眼下に開けていた。萩君の頭には疎開の時のあの景色が焼き付いて、いつかは絵にしようと考えたのだろう」

「僕も先日登ってみたけれど、あの景色は頭に焼き付いています」

順一が言うと松井医師も同調した。

「私も子供の頃に登ったことがあった。あれは絵に描きたくなる景色だ。萩君の気持ちは分かる」

花岡がその言葉を制するように言った。

「私は絵を描くために登ったのではなかった。あの上は狭い台地になっていて雑草が生えていた。あの台地の西側は切り立った崖になっている。そこが粘土を採取したところなのだね。萩君はそこを落ちたのだった。そのあとで私は大きな発見をした。台地の北側は大木が密集していて、その下は藪になっていたのだが、よく見ると藪に人が通れるような隙間があった。獣道のようなもので、昔は人が通っていたものと思われる。そこで粘土山の北側を下りてみることにした。木の根元は藪に覆われているけれど、その隙間を通れば下りられないことはなかった。あそこは粘土山の名前のように地面が粘土質で滑り易い。私は何度か足を滑らせて転倒しそうになったが、そういう場所は刑事の時に何度か経験しているから大丈夫だった。そこで私は大きな発見をした」

花岡は言葉を止めて二人の顔を見つめた。

「あっ！」

声を出したのは順一だった。

「大出はそこを通って滑って足の捻挫をしたのですね」

「その通りだ」

花岡の声は自信に満ちていた。

「大出は足に捻挫をしていて顔に擦り傷があったと言ったね。ピッタリではないか。大出が滑落したと思われる跡は、地面が抉れて藪がなぎ倒されていた。あれは間違いなく最近になってできた痕跡だ」

その時に松井医師が「思い出したよ」と大きな声を出した。

「子供の頃には薪になる木の小枝を拾うために、粘土山の北側を登ったことがあった。あの頃はそれが子供の仕事になっていたからね。萩君を突き落とした犯人は、そこを通って山を下りたのだな。それは子供の頃にあそこを登った経験のある人だ。その犯人は捻挫をした大出に違いない」

「それで山を下りて救急車で市立病院へ運ばれたのですね」

「天野君の言うとおりだ。捻挫をすれば自由に歩くことができない。救急車で運び込まれるのは市立病院と決まっている。近くにあっても私のところへ来ることはない」

「これで大出の犯罪の証拠がほぼ固まったな。萩君を山から落としたのは大出の仕業に違いない。だが、萩君があそこで絵を描いていることを大出がどうやって知ったかが問題だ。また、なぜ萩君を突き落としたかも明確には分かっていない。そのあたりのことは大出の取り調べで明らかになるに違いない。問題はこの犯罪に上野正志が関わっているかどうかだ。上野が当日はこちらにいなかったことはほぼ確実だ。だが、電話で上野と打合せをしたうえでの犯行とすれば、上野正志は共同正犯になる。そのあたりのことを調べるために、私は中学の六人の同窓生の動静も調べてみた。上野と大出を除けば四人になる。そのうちの二人はすでに死亡していた。そして一人は名古屋にいる。もう一人は地元にいたけれど癌を患って入院していた。元気なのは上野と大出の二人だけだ。入院している同窓生とは面会できたので話を聞いてみた。すると分かったことは、あの終戦の時期に豊橋の勤労動員から村へ帰ることができたのは、上野と大出の二人だけだということだった。上野村長の力でお盆に村へ帰れたのだろうということだった。終戦間際の軍需工場は武器の生産に追いまくられていたからね。それに大出は上野家の小作人の息子で、上野の家の助けで中学を出られたのだと言っていた。大出が上野に頭が上がらないのはそれが原因だろうと話してくれた」

「さすがに警視庁の刑事だ」

順一が感嘆の声を上げた。花岡はそれを無視して話を続けた。

「問題はこれからだ。地元警察に話しても、すでに決着のついている事案だから、まともに取り合ってくれるかどうか分からない。それで知り合いの県警の警部に話して、地元警察に働きかけてもらうことを考えている。そのことはどうか?」

「そうしてくれないか。警察は上意下達の組織だというからな」

松井医師の言葉に順一も頷いた。

大出の怪我、粘土山の滑り跡、その時刻の救急車、それらの日時は市立病院に訊けば分かる。それだけが揃っていれば、大出の犯罪は隠しておくことができないという気持ちだった。

問題は上野正志がこの犯罪に関わっているかどうかだ。それに七十年前の暴行が罪に問われるかどうかということであった。順一がそれを花岡に訊いてみると、素っ気ない声の返事があった。

「七十年前の強姦の件と疎開の寮母の転落死の件は、問題として浮かび上がる可能性がある。実行犯が生存しているようだからな」

花岡の言葉は大出と上野正志の二人を指していた。

花岡は翌日に長野県警へ行って警視に会う予定だと言った。そのあとは東京の自宅で事件の推移を見て、一段落したところでこちらへ来るということだった。

「その時には妙光寺の本堂で一杯やろうか」

「お寺の本堂で酒を飲んでもいいのですか？　山門の横に『飲酒戎』の文字の石碑があったと思うけれど」

順一が訊くと松井医師が笑って答えた。

「構わない。妙光寺の住職は呑兵衛で毎晩晩酌をしているよ」

警察へ取材に出向いた時に、順一は後ろから「天野さん」と声をかけられた。声は伊東刑事であった。

「天野さんの疑問を手掛かりに捜査を続けた結果、粘土山の転落死の問題が解決しそうだ」

「僕の疑問？」

「あなたは過失死ではないと言っていたじゃないか。あと二日もすれば記者会見がある。詳しいことはその折に……」

順一はそれを聞いて、花岡と県警の警部の力によって事件の真相が暴露されつつあることを察知した。その時に頭を掠《かす》めたのは、事件に対する上野正志の関与の問題であったが、それを聞き出すことはためらわれた。

「発表を楽しみにしています」

順一はそう言って自分の気持ちを抑えた。

記者会見は伊那北警察署の会議室で行われた。新聞記者の他にテレビカメラが入っていた。前の席には署長や刑事課長の他に県警の刑事と伊東刑事がいた。伊東刑事は順一の顔を見てチラッと目配せをした。

署長の挨拶のあとで刑事課長から発表があった。

「先般、粘土山から転落死した萩精一氏のことが問題になっていましたが、このたび人為的な死亡であったことが判明しました。それには市内の大出満氏が関係しているものと思われます。その動機は七十年前の出来事にありました。その頃は戦争の終末期で、東京から集団疎開の子供たちが来て、こちらの学校へ通っていました。その子供たちと地元の中学生との間で干柿の盗難のことで揉め事があって、被害者の萩氏と大出氏とが激しく対立していました。先日、疎開の人たちの思い出の会が地元の妙光寺で行われて、記念植樹なども行われたのでしたが、それをきっかけに二人の対立が再燃しました。被害者の萩氏は画家でしたので、思い出の会が終わったあともこちらに残って粘土山で絵を描いていました。そこへ出掛けた大出氏と言い合いになって、激昂して取り組みの最中に萩氏が粘土山の崖から転落したものと思われます。細部については引続いて捜査をしていますが、事件の概要は以上のとおりであります」

順一は聞きながら警察が事件の真相を隠蔽していることを感じた。転落の発端が疎開の時にあったのは事実だが、それが疎開の子と地元中学生との干柿をめぐる対立という言葉で処理されている。順一はその裏に上野正志の意思を直感していた。

「疎開の時の干柿が事件の動機であるということでしたが、干柿の対立の具体的な中身は何だったのですか?」

この記者の質問は共通に抱いた疑問であったのだろう。一瞬室内に騒めきがあったが、刑事課長はあっさりと答えた。

「それについても現在捜査を続けております。何分昔のことであって、しかも当時の少年の間の食べ物の対立なので、結論を申し上げる段階には至っておりません」

次の質問も記者に共通の疑問であった。

「喧嘩による転落死という発表がありましたが、過失死なのですか、それとも殺人に該当するのですか?」

この質問への課長の回答も曖昧なものであった。

「それは大切な点ですので、現在詳細に調べているところです。しかし、現段階では過失によるものと見られています。はっきりした段階で正式に発表させていただきます」

そこで順一が思い切って質問した。

「疎開の時に対立があったということですが、そういう対立の場合は、疎開の子と地元の子との集団的な対立ではなかったのですか。また、小学生と中学生の対立というのは納得できない。そうだとすれば、粘土山で二人だけで喧嘩になったというのは不自然です。その場にいなくても誰かが裏にいて、二人をけしかけていたとは考えられないですか?」

この質問に伊東刑事の眼が一瞬光ったように感じたが、課長の返答はそれまでと同じ調子であった。

「そのことについても現在調べているところですが、疎開の会に集まった人たちは事件の時には東京へ戻っていましたので、関係者は絵を描くために残った萩氏だけでした」

これでは何を訊いても同じ答えしか返ってこないだろう。その時の順一の心の中では上野正志への疑惑が拡大されていた。それが事実だとすれば、疎開の時の暴行を揉み消した上野村長の仕業と同じことではないか。警察はそれに応じていることになる。

記者会見のあとで警察署を出ようとした順一に伊東刑事の声がかかった。伊東刑事は順一の横を歩きながらさり気なく言った。

「現在分かっていることは、あれ以上でもないしあれ以下でもない。そういうことですのでよろしくお願いしたい」

「分かりました」

そう返事をした順一だったが、伊東刑事の一言は、裏に隠してあるものが存在していることを意味していた。それを新聞で暴かれることを心配しているのだ。刑事は順一が事件の裏の事情を知っていることに気付いているのだ。

「妙光寺で花岡さんの話を聞くことになっている。それを聞いたうえで次のことを考えよう」

これが順一が歩きながら考えたことであった。

連絡が妙光寺の住職からあったのは翌日であった。新聞社へかかってきた電話の声は読経のように低い声であった。

「今日の夜に相談したいことがある。仕事を終わりしだいにこちらへ来てもらいたい。一杯やりながら話すことにするから、今夜はここへ泊まるつもりで来てくれ。昔の疎開の子たちが寝ていた部屋に泊まってもらおうと思う」

住職の最後の一言が順一の気持ちを惹いた。疎開の子たちがどういうところで寝泊まりしていたのか興味があったのである。

「六時にはお伺いできると思います」

順一はそう返事をして、記者会見の原稿を書いた。新聞記事には発表以外のことは書かないのが原則である。書いている時に気付いたのは、警察では大出のことを「容疑者」とか「被疑者」と言わなかったことであった。もどかしさを感じながら書き終わった時には自然にため息が出ていた。


順一が妙光寺の駐車場に車を停めて玄関へ入ると、大黒が出て来て本堂へ案内してくれた。本堂の中央には円いテーブルが置かれて、そこには予定の全員が揃っていた。テーブルの上にはご馳走の間に酒の徳利が並べられていた。

順一は一言挨拶をしてから須弥壇の前で手を合わせた。それが本堂へ入った時の作法であることを、疎開の集まりの時に見習っていたからである。

「それでは全員が揃ったので……」

住職が徳利を持ち上げた。順一が来るのを待っていたのだ。

「粘土山の事件が一応の解決をみたので乾杯しよう」

乾杯をしたところで住職が続けた。

「お集まりいただいたのは、疎開や粘土山の事件に関係のあった方々だが、ここで改めて順に自己紹介をお願いしたい。その時に今度の事件について知っていることや考えていることなども率直に述べていただきたい」

住職は盃を口に傾けてから話を進めた。

「それでは私が最初に話すから、あとは右回りにお願いしたい」

住職は盃を下へ置いて話し始めた。

「私は終戦の翌年の生まれだから、疎開の人たちに記憶はないけれど、前の住職、つまり親父からは疎開の話を何度も聞かされた。その内容は省くけれど、疎開の子たちの寂しい気持ちへの思いを聞くことが多かった。戦争は仏教の教えの不殺生戒を犯すものだ、どんな理由があっても戦争はしてはいけないというのが口癖だった。私は仏教関係の大学を出て小学校に勤めていたが、親父が病気になったのを機に、ここの住職を継いだ。今度の粘土山の事件では疎開の生活に原因があったということで、こういうことが再び起こらないためには、僧侶は何をすればいいのかを考えている」

次は松井医師であった。松井医師は禿げた頭を前に突き出しながら話し始めた。

「この中で疎開当時のことを記憶しているのは、花岡君と私だけと思う。しかし、私の体験は生ぬるいもので、疎開の子たちの様子を外から見ていたようなものだった。ただ、疎開の子たちが親元を離れて寂しい思いをしていたことは感じていた。その寂しさに対して地元の人たちは同情していたけれど、実際には何もしてやれなかった。そういう中で私の親父は疎開の子たちのことを自分の子のように考えていた。そして疎開を引き起こした戦争を批判していた。そういう親父の考えの中心になっていたのは、白樺派という人道主義の文学者の考え方だったと思う。私は親父のそういう思いを引き継がなければならないと考えている」

「それで今でも往診を続けているのだね。そういう気持ちはこの地域の人たちには分かっているよ」

大黒の言葉に松井医師は照れたような表情で黙ってしまった。次は順一の順番であった。順一は自分の胸にあるものを率直に述べることにした。

「僕は新聞記者の端くれとして事実を追い求めようと心掛けていますが、今度の事件を通して、この世には虚偽が平然と通用していることを痛感しました。疎開の時に萩精一さんの姉の町子さんが強姦されたことは、ここにおられる方は知っておられると思います。妊娠した町子さんは東京へ戻って多摩川で入水自殺してしまいました。その事実に蓋《ふた》をして分からないようにしたのは当時の上野村長でした。しかも、その時の加害者と思われる息子の中学生は、その後は国会議員になって活躍しているのです。相棒の大出は上野の妹と結婚して議員の地元秘書になっています。中学生が犯した犯罪は、昔時の権力によって隠蔽されてきたのでした。これは僕の想像だけれど、今度の大出による殺人は、昔の犯罪がばれそうになったために、それを隠蔽するために実行されたものと思われます。その裏には上野正志の意思が働いているように思えてなりません。息子が国会議員を続けるためには、その親が強姦犯であることが世間に知れてはならないからです。これは僕の推測ですから記事にするつもりはありませんが、そのことについては花岡さんから率直に意見をお聞きしたいと思っています」

花岡が腰を立てて正座をした。その話しぶりは、刑事であったことを一同に印象付けた。

「天野君の考えていることは私が考えたことでもある。大出に対する尋問の様子は、ここの伊東刑事から聞いている。それによると萩君はあの前日に大出のいる上野屋敷を訪れている。そこで疎開の時の姉への暴行について問い詰めたのだそうだ。萩君は犯人の中学生が上野と大出らしいと以前から気付いていた。それまでにもここを訪れて調べたことがあるということだ。疎開の子の集まりは、その最終的な確認と、刑事であった私の気持ちをそこへ向ける意図があったようだ。そう考えてみると、思い出会の計画の時に萩君が私にいろいろと話したことに合点がいく。萩君の追及を受けた大出は、このままにしておけば中学の時の暴行が世間にばれると思ったそうだ。それで一晩悶々と考えた末に、萩君から聞いていた粘土山の写生の現場へ行って、萩君に頭を下げてお願いしたそうだ。どうかこの件については秘密にしておいてくれと言って。ところが萩君は承知しなかった。姉を殺しておいて平気でいる犯罪者を赦《ゆる》すことはできないと言って。そこで揉み合いになって、その結果がああいうことになってしまったということだった。自分には崖から落とすつもりはなかったと言っているそうだけれど、事実はまだ解明されていない。いずれ本当のことが発表される時が来るだろうと思う」

「上野正志との関係は?」と松井医師が訊いた。

「それはなかったと言っていた」

「事実なのですか?」

順一の表情には息詰まるようなものがあった。

「そのことについてはこれから検証することになるけれど、大出は涙を流しながら素直に告白したということだ。大出の心を支配していたのは、子供の頃から始まった上野家に対する忠誠心のようなものだと伊東刑事が言っていた。私にもそれは理解できる。日本人がこぞってあの戦争を支持したのは、国に対する忠誠心のようものだったからな。今度の事件で私はあの戦争を支持した当時の日本人の気持ちに触れたように思った」

順一の脳裏に、疎開の集まりで花岡が挨拶した言葉が蘇った。

「人間、この愚かなるもの」

あの戦争はそういう愚かな忠誠心の上に立って行われたのだ。その愚かさは現在も完全に消えたわけではない。その典型が大出である。

「まだ私の話が残っているわ」

松井医師の奥さんであった。

「私は終戦の時には四歳だったけれど、その時の記憶は微《かす》かに残っているわ。私は疎開の子たちに可愛がってもらったことは忘れられない」

「それだけか?」

松井医師が怒ったような声を出した。

「疎開の子たちが東京へ引き揚げたあとで、あなたは疎開の子たちが荒らした寺の境内の掃除に、ここを訪れることが何度もあったでしょう? 父はそれを見て松井医院の息子は見どころがあると言っていた。それが私との付き合いのきっかけだったのじゃない?」

松井医師は何も言わなかった。この奥さんの一言で座の雰囲気が急にほぐれた。それから中断していた酒盛りが復活した。


「ぼちぼちお開きにしようか」

松井医師の奥さんが言った。順一が時計を見ると十時を回っていた。

「まだいいじゃないか」

酔いの回った住職が言ったが、松井医師の奥さんがピシャリと言った。

「あなたには明日の朝のお勤めがあるのでしょう?」

姉が弟を叱りつける時の言い方であった。住職は渋々と立ち上がって言った。

「疎開の子の寝場所は、男の子はこの本堂、女の子は隣の控えの間だった。刑事と記者は控えの間に寝てくれ。布団は敷いてあるのだな?」

「どうぞこちらへ」

住職の奥さんが二人を隣の控えの間へ案内した。そこは十五畳ほどの広さで、中央に寝布団が二つ並べて敷かれてあった。

「ここが疎開の女の子の部屋だったのか」

順一は寝ていた女の子たちの姿を想像してみた。疎開の子の半分が女の子だったとすれば、布団は部屋にびっしりと詰まっていたことであろう。

「この中でもいろいろなことがあったと聞いている。僕たち男の子の中にもいじめがあったことは、松本君の話にあった通りだが、女の子たちの間でもここでいじめがあったと聞いている」

花岡が部屋の隅々を見回して言った。

「どういうことがあったのですか?」

「男の子のいじめは開けっ広げだったけれど、女の子のいじめはここで密かに行われていたようだ。東京へ帰ってから女の子に聞いたことだけれど、ここで一人の女の子を素っ裸にして、体のあちこちの欠点を指摘して弄《もてあそ》んだということだ。その子がいじめられた理由を訊いてみたが、忘れたということだった」

「酷い話ですね」

「私も当時は牢名主と言われていたから、下級生をいじめたことがあったかもしれない。自分ではいじめのつもりはなかったけれど、疎開の子たちの秩序を保つために叱り付けたことがいじめになっていたのかもしれない。そういう時に自分の心の中には正義を行っているという気持ちがあった。それで牢名主と言われて自分が偉いような気分だった」

「上司が部下を叱り付けるようなものですね。今ならパワハラということになるかもしれませんね」

「当時の軍隊の内部はそのパワハラで成り立っていたのじゃあないのかな。戦闘状態になるとそのパワハラが消えて、みんなで団結したということではないのかな」

「そういうことですか」

順一は自分が取材した中学生のいじめの事件を思い出した。あの場合は集団で一人をいじめることによって、集団の結束を図っているところがあった。それは花岡の言った軍隊と同じようなものだった。

「それでは疎開の時を思い出しながら寝るとしようか」

花岡が布団の上に置かれたパジャマに着替えた。順一も同じであったが、その心の中には何か割り切れないものがあった。

その正体に気付いたのは二人が布団に寝てからであった。順一は天上の薄暗い電灯を見ながら話しかけた。

「今度の事件に上野正志は本当に関係がなかったのでしょうか」

花岡からはすぐに答えがあった。

「関係があったとすれば上野と大出の電話による打合せだったと思うけれど、電話には通話の痕跡は残っていないだろうから証明が難しいのではないのかな。それに大出は上野に対して軍隊の上司に対するような忠誠心がある。自分の生活を一生保障してもらっていたのだから、上野の不利になるようなことは決して吐かないだろうな」

「中学生の時の暴行は上野と二人でやったことなのでしょう?」

「そのことについても大出は自分一人でやったと言い張っている。それを伊東刑事が河上に確かめてみたということだったが、その時の河上は大出の一人の仕業だったと強硬に言ったのだそうだ」

「二人で河上を訪れた時には、上野と大出の二人だったと言っていたのに、どうしてなのでしょう?」

「それは分からない。私が思うのに河上も上野正志の名前が出て、自分が騒ぎに巻き込まれることを避けたのではないのかな。それに考えたくないことだけれど、誰かが上野の名前が出ないように働きかけたのかもしれない」

「誰かとは?」

「そんなことは分からない。それはあくまでも私の推測だから、新聞にそれらしいことを出してもらっては困る」

「大丈夫ですよ。証拠がなくて騒ぎを起こすようなことは絶対にしないから安心してください。それは新聞社の基本方針ですから」

二人はそれから黙ってしまった。順一がうとうとと睡眠に入ろうとした時だった。花岡が不意に声を出したので、意識が元に戻った。

「これも内緒だけれど伊東刑事に聞いたことがある。それは疎開の時の暴行のことだ。その暴行の動機を大出はこう語ったというのだ。戦争が激しくなったので自分はいつ死ぬか分からない。自分は女を知らないで死にたくない。それでお盆に村へ帰った時に、適当な女を捜したのだそうだ。それが萩町子だったというのだ。そこには戦争がもたらした悲惨な現実がある。しかし、これも新聞の記事にはしないように。地域の信頼が厚い大出のプライバシーの問題だから、記事にしたりすれば今度は新聞社が世間の批判に晒されるだろう」

「…………」

順一は黙って眠ったふりをしていた。花岡から投げかけられた言葉があまりにも強烈で言葉が出なかったのだ。

二・四事件 ――太平洋戦争前の悲劇――

天野順一は朝食のあとでテレビニュースを観て、九時にはアパートを出ることにしている。一人でアパートにいても退屈だからである。出勤した朝の支局では、庶務の小坂真紀が前夜に記者たちが使った茶碗やコップを洗ったり掃除をしたりしている。朝の電話の対応も真紀の仕事である。

順一は真紀の傍《かたわ》らで新聞に目を通している。自社の記事と他社の記事を比較していることが多い。特に自分が書いた記事については神経を尖らせている。

他の記者たちが出勤してくるのは、朝の取材がない限り十時頃である。それまでの時間に真紀と気軽に会話をするようになったのは、赴任して一ヵ月ほどが経ってからであった。

新聞に目を通している順一に、机の拭き掃除をしていた真紀が声をかけたのである。

「天野さんはW大学の出身なのですってね」

「そうだよ」

順一は返事をして真紀の顔を見上げた。目の前には愛嬌のあるにこやかな顔があった。赴任した時から気にかかっていた女性であったが、それまでは私的な話をすることがなかった。

「私もW大学を受けたことがあったのよ。二回。二回とも落ちたので大学を諦めてここに勤めるようになったの」

「そうだったのか。ここに勤めて何年になるの？」

「三年目になるわ」

「ここの勤めはどう？」

「私は記者ではないけれど、ここにいると世の中のことがよく分かるわ」

この時の会話がきっかけで、順一は朝の時間に真紀と気軽に言葉を交わすようになった。そのことは他の記者たちの眼にとまって、長谷川記者にからかわれたことがあった。

「天野君は真紀さんと気が合うようだな。付き合いはどこまでいってる？」

「真紀さんは大学の後輩ですから」

それを信じた記者はいなかったが、二人の仲がいいことはどの記者も認めていた。支局長をはじめ四人の記者はいずれも既婚者であった。

真紀との朝の会話は、その日の新聞記事に触れた内容が多かった。そういう時に順一がさり気なく訊いたことがあった。

「真紀さんはこれからもずっとここに勤めているつもりなの？」

真紀の顔が赤く染まるのが分かった。順一は自分との結婚を考えているのかと瞬間的に思ったが、彼女の口から出た言葉は意外なものだった。

「私は将来は小説を書くつもりだわ」

「小説家か？」

「それで進学を辞めたの。小説を書くには学歴は要らないからね」

「それなら文学の勉強をしているのか」

「ぼつぼつ……」

真紀は恥ずかしそうに笑った。

庶務の仕事は記者とは違って勤務時間が決まっている。朝の八時半から夕方の五時半までの勤務である。それに日曜日は勤務がない。

朝の時間や取材から帰った時に、机に着いて背中を丸めている真紀の手元には、夏目漱石とか芥川龍之介などの昔の名の知れた作家の本があった。真紀と二人だけの時に、順一がそれを話題にしたことがあった。真紀はこういうことを言った。

「夏目漱石は欧米から入って来た個人主義の生き方と、日本の封建的な生き方の狭間で悩んでいたのね」

「芥川龍之介は生きることが苦しかったのね。それを娑婆苦と言っていたわ」

順一はそういう真紀の言葉を聞くと、彼女の小説家希望は本気であることを感じた。真紀がこうも言ったことがあった。

「天野順一という名前は風格があるね。文豪と並べてみても見劣りがしないわ」

「僕はこの名前に気恥ずかしさを感じることがある。天野という姓は天から降って来たような印象を人に与えるから」

「そんなことはないわ。天野順一は作家の名前にぴったりだわ。小説を書くつもりはないの？」

「僕は大学でマスコミ関係の勉強が中心だった。だから事実を綴ることには抵抗がないけれど創作には抵抗がある」

そのような腹を割った会話が、真紀との間で交わされることがあった。そういうなかで順一は彼女に惹かれて、「将来はこの人と一緒なれば幸せだろうな」と考えることがあった。一方の真紀も順一が仕事に打ち込んでいる姿に惹かれていた。

朝の二人だけの時間に、真紀の机に古びた本を発見したことがあった。表紙は汚れた布で覆われていて、最近では見ることのない古い装丁であった。

「何を読んでいるの？」

「森鷗外全集よ。これは私から三代前の牧之助というおじいさんが買ったものなのよ。これは鷗外全集の第五巻で、『山椒大夫』とか『高瀬舟』とか有名な小説が載っているわ」

「その小説なら僕も読んだことがある」

真紀は本の奥付を開いて見せた。

「昭和十二年の発行になっている。しかも著者の森鴎外の押印があるのよ」

「その印から印税という言葉が生まれたと聞いたことがある。本の一冊一冊に著者の印を押したのだね。装丁が布というのも珍しい。ちょっと見せてくれないか」

順一はそう言って「森鴎外全集」を手に取った。それから表紙を繰ってみると、その裏に万年筆で書いた太い文字が表れた。

「長兄従軍召集の報に接する日。理性は物陰にひそみ真理は声絶えている。昭和十二年十月十四日記」

順一からは思わず声が出た。

「昭和十二年というと、盧溝橋事件があって日中戦争が始まった年ではないか」

「よく知っているわね。これは牧之助おじいさんが書いたものなのよ。落書きのようなものだけれど、牧之助おじいさんの世の中に対する気持ちが表れているでしょう? 牧之助おじいさんは戦争に反対して警察に引っ張られたことがあったということよ。おばあちゃんは今でもときどきその話をしてくれるわ」

「昭和十二年にこれを書いた牧之助おじいさんという人は、真紀さんとどういう関係になるの?」

順一は真紀の家族に興味を抱いていた。それを察した真紀が丁寧に説明した。

「私の父の母が藤子おばあちゃん。連れ合いのおじいちゃんは亡くなったけれど、おばあちゃんはまだ元気でいるわ。おばあちゃんの実家の父親が牧之助おじいさん。その頃にはおばあちゃんの連れ合いのおじいちゃんと、その牧之助おじいさんの二人が生きていたから、区別するために牧之助おじいさんと呼んでいたのだって。私が生まれた時には牧之助おじいさんは亡くなっていたけれど、おばあちゃんが牧之助おじいさんのことをいろいろ話してくれたので、それが私の頭に焼き付いている。この全集は牧之助おじいさんの形見分けなのだって」

「牧之助というおじいさんはどういう人だったの？」

「小学校の先生だったのよ。戦後には校長先生だったと聞いているわ。本を読むことが好きで、たくさんの本が残っているわ。牧之助おじいさんが亡くなった時に、親族で形見分けをしてね。その時に書物に興味を持っていた人はおばあちゃんだけだったので、おばあちゃんが何冊も本を受け継いで家の本棚においてあるわ。島崎藤村、夏目漱石、芥川龍之介、森鴎外などの全集が棚に並べてあるわ。私が文学に興味を持ったのは、その影響があったからなのよ」

「そういうことだったか」

その時に順一が興味を惹かれたのは、戦争に反対して警察に引っ張られたという牧之助おじいさんのことだった。戦争に批判的な気持ちは、森鴎外の本の表紙の裏の文字に窺うことができた。「理性は物陰にひそみ真理は声絶えている」というのは、明らかに兄の召集を通して戦争を批判したものである。

太平洋戦争のもたらした悲劇については、それまでに調べてきたことであった。だが戦争は突然に起きるものではない。そこに至るまでの過程に様々なことがあったはずである。その片鱗が牧之助おじいさんの書いた言葉には表れていた。

順一は真紀の隣の椅子に腰を下ろした。

「その牧之助おじいさんのことを聞かせてくれないか？」

真紀は順一の顔を見て、「ふっふっ」と笑い声を立てた。

「天野さんは太平洋戦争の歴史に興味があったわね」

「僕は太平洋戦争が起きる前の時代にも興味がある」

「そうなのね。でも私が知っていることは僅かだわ。牧之助おじいさんが治安維持法のとばっちりを受けて、警察に連れて行かれて留置所に入れられたというくらいのことだわ。疑いが晴れて二日で解放されたということだけれど、同じ時に留置された学校の先生の多くは裁判にかけられたり、学校から追放されたりしたそうよ」

「それは昭和十二年のこと？」

「昭和十二年はこの本を買った時でしょう？　拘留されたのはその前のことだったと聞いているわ。牧之助おじいさんは、それからは自分の気持ちを殺して生活していたそうだから、その不満をこの本に書き付けたのではないの？」

真紀はそう言って「あっ、そうだ」と首をたてに振った。

「いいことがある。おばあちゃんは八十歳を越えているけれど、まだ元気で普通に生活しているから、家に来ておばあちゃんに話を聞けば、牧之助おじいさんのことを詳しく話してくれるわよ。私の知識はおばあさんに聞いたことなのだから」

順一にとっては願ってもない話であった。牧之助おじいさんのことにも興味があったが、前々から真紀の家族に会ってみたいと思っていた。自分が東京の本社に戻る予定はあと八ヵ月に迫っている。このあたりで将来の見通しをつけておきたいという気持ちがあった。

順一がそれに頷くと、真紀は意外なことを言った。

「牧之助おじいさんは島崎藤村が好きだったので、おばあちゃんが生まれた時には、藤村の藤の一文字をとって藤子という名前を付けたのだって」

「それなら真紀という名前は？」

「牧之助の牧の一文字をとって真紀にしたとおばあちゃんが言っていたわ。おばあちゃんは父親の牧之助おじいさんのことをとても尊敬していたのね」

「藤子おばあちゃんの話を聞くのが楽しみになったよ」

それから真紀の家の訪問の打合せをしている時に、記者が次々に入って来たので二人は会話をやめた。順一の胸の中には弾むような興奮があった。

二日後に真紀の家へ行くことになった順一は、支局長に早退を願い出た。支局長は両手を頭の後ろで組んでからかうように言った。

「デートか？」

「大学の友人が来るので」

支局長は信じたようではなかったが、順一は五時になると支局を出てアパートに帰った。アパートで時間調整をして真紀の帰宅時間に合わせたのである。

真紀の家は郊外の古い住宅地にあった。家の前で車を停めると、そこへ真紀の車が到着した。

「あらっ、二人が一緒になったわね」

真紀の言葉の意味を考えながら順一は玄関へ入った。家の中は和風づくりの広い家であった。

「いらっしゃい」

真紀に似た愛嬌のある母親が、にこやかに順一を迎えてくれた。

「おばあちゃんは奥の部屋にいるから、そちらで話を聞いて、終わったらこちらへ来て夕飯を一緒にどうぞ」

硝子戸越しに庭の見える廊下の突き当たりがおばあちゃんの部屋であった。真紀に導かれて部屋へ入ると、おばあちゃんが座っているテーブルの上には、一冊の分厚い本が置かれていた。

「順一さんね。そこへどうぞ」

おばあちゃんの顔立ちも真紀によく似ていた。順一は親しみを感じながら座布団に座った。部屋の壁に押し付けた書棚には厚い本がびっしりと並んでいた。

「牧之助おじいさんのことを聞きたいのだってね。それで思い出したことをメモしておいたわ」

おばあちゃんの手にはメモをした手帳があった。テーブルの本に眼を落とすと、そこにあったのは島崎藤村の「破戒」であった。「森鴎外全集」と同じで古びた本であった。

「父は酔って学校から帰ると、私を相手にいろいろと話をしてくれた。私は三人姉妹で妹が二人いたけれど、長女の私がいちばん話し易かったのね」

おばあちゃんの話は、それから牧之助おじいさんのことになった。真紀に聞いていた牧之助おじいさんは、おばあちゃんにとっては父親になるので「父」という言葉で話が進んだ。

「戦時中の父は戦後と違って酒に酔ってなどいなかったわ。学校から帰ると裏の畑に出て働いて、夜になると自分の部屋に籠って本を読んでいた。その本の一冊がこの島崎藤村の『破壊』という本だった。この本は父にとって辛い過去が関係しているのよ。天野さんはこの『破戒』を読んだことがある?」

「名前は知っていますが、まだ読んでおりません」

順一は真紀から藤村の「破戒」のことを聞いたことがあって、市立図書館で見つけて読みかけたことがあったが、文章が重々しくて読むのを途中で放棄した。

「これは戦争が終わってから酔っていた父に聞いたことだけれど、父は師範学校を出て村の尋常小学校へ勤めた時に、この本を自分で生徒全員に買い与えて読み合わせをしたのだって。被差別部落の生まれで苦労して育った丑松《うしまつ》が主人公だけれど、その丑松が苦労の中で前向きに生きる姿を子供に伝えたかったのだって。ところが、それが警察の目にとまってしまったのよ」

「どうして？」

「教科書以外のものを子供に読ませたことがいけなかったのよ。その少し前に松本にあった女子師範学校の川井という先生が、森鴎外の小説を教材にしたことが問題になって、学校から追放になっていたからね」

「そんなことがあったのですか。酷い話ですね」

「『白樺』という雑誌のことは知っている？　そう、武者小路実篤とか有島武郎とか志賀直哉が中心になって発行していた自由主義の雑誌だったのね。父はそれを購読していたのよ。そのことも警察に目をつけられる原因になった。『白樺』の作家たちは家柄のよい金持ちだったから警察は黙っていたけれど、熱心な読者は危険人物とされたのね」

「どうして危険なのですか？」

「治安維持法という法律ができて、社会を乱す危険思想の持ち主とされた人は、警察に検束されたのよ。自由主義は軍国主義の社会では邪魔になるのよ。確か昭和八年のことだったと思うけれど、治安維持法で検束された人は何百人もあったということだわ。その中には学校の先生が多かった。父はその一人だったのよ」

「それで刑務所に入れられたのですか？」

「父の場合は留置所だけだったけれど、二日目に疑いが晴れて釈放になった。日本はそれから戦争に突入していくわけね。父は心の中でそういう世の中の動きに反発しながら、反発の気持ちを口にすることはなかった。もちろん『白樺』からも離れた。言論統制のために仕方がなかった。それが昭和二十年の終戦まで続くのよ。私は終戦の時には国民学校（小学校）の高学年だったから、あの時のことはよく憶えている。父は終戦と聞いて家の中で万歳の声を上げた。私が何を騒いでいるのと訊くと、これで戦争が終わった、負けてよかったと言った。負けてよかったというのが私には理解できなかったけれど、後に酒を飲んだ時の父の話を聞いて、戦時中の父の気持ちが分かったと思った。父は軍国主義に対して批判的だったのよ」

「そうだったのですか。治安維持法で戦争に反対の人を咎めて、世論を戦争の方向に誘導していったのですね」

それは順一が知りたかったことであった。そういう過程で太平洋戦争の土壌がつくられていったのだ。農耕隊、満蒙開拓、疎開などの悲劇は、そういう土壌の上に起きたことであった。

「でも……」

おばあさんはそう言いかけて口を噤《つぐ》んだ。

「何かありました?」

順一が催促すると、時間を置いておばあさんの口が開いた。

「戦後になると父は戦争に反対したことがあるということで、急に評価されるようになった。それで若くして教頭になり校長になった。戦争が続いていれば下積みのままで一生を終わったのにね。その頃からですよ、酔っぱらって学校から帰って私を前にしていろいろと話してくれるようになったのは。私の記憶はそこで父に聞かされたことなのよ」

「それまで心に溜《た》めてあったのを吐き出したのですね。分かるような気がします」

「でも酔っ払いのために、父には困らされたことが何度もあったわ」

その時に横にいた真紀が口を挟んだ。

「反吐《へど》の後始末をさせられたのでしょう?」

「そのことは真紀に話したことがあったね。酒を飲むと嘔吐することがあるのよ。そして翌日は二日酔いでふらふらしながら学校へ行った。私は二階に寝ていたけれど、夜中に二階の床下がドンドンと鳴ることがあるの。下に寝ている父が下から棒で床を突き上げる音なの。下へ下りて来て自分の背中を叩けという合図だった。嘔吐の後始末も私、酔っぱらいの介抱も私。母は昼間の野良仕事でぐっすり眠っているので、素直に言うことを聞く私が狙われたのよ」

「大変でしたね」

「大変だったけれど、家族の中では私が父にいちばん頼りにされていた。戦後の父は順調に見えたけれど、心の中では割り切れないものを抱えていたのではない？　そのことは父の死後に発見した記録の中に触れて書かれてあるわ。その記録は誰にも見せたことがなかったけれど、真紀にだけは一度見せたことがあった。真紀は子供の頃から私とそっくり同じだったから。他人の行為を善意に受け取るところが」

「おばあちゃんったら……」

真紀が声を上げたが、おばあさんからは反応がなかった。順一が身を乗り出して言った。

「その記録というのを僕にも見せていただけませんか？」

「いいよ」

おばあちゃんの返事はあっさりしていた。

「真紀が好きな人だから構わないわよ。ただ、あれは毛筆の崩し字で書いてあるから読みにくいかもしれない。けれども真紀が失敗した大学を出ているのだから簡単に読めるわよ」

その時に真紀の母が部屋へ顔を出した。

「お父さんが帰って来たから、これから食事にしましょう。話は済んだの？」

「済んだよ」

真紀が返事をして立った。順一もおばあさんと一緒に立ち上がった。順一の心の中では、いろいろなことが渦巻いていた。

そこには牧之助おじいさんへの思いもあったけれど、最も心にとどまっていたのは「真紀が好きな人だから」と言ったおばあさんの一言であった。真紀がその気持ちをおばあさんに告げたことがあったに違いないと思ったのである。


翌朝の順一は早めに支局へ出掛けた。水道で茶碗を洗っていた真紀が、笑みを浮かべながら振り向いた。順一が真紀に声をかけた。

「昨日は蕎麦がとても美味しかつた。おまけに話に夢中になっていて、大切なことを忘れていた」

順一は牧之助おじいちゃんが書いたという記録のことを忘れていたのである。

真紀の母が打った蕎麦は順一を夢中にさせた。それまでに食べたことのない味であった。

「蕎麦ってこんなに美味しいものだったんですね。舌と喉と胃の全体にうま味が伝わってくるような気がします」

順一が食べながら唸った。するとおばあさんが言った。

「ここは信州蕎麦の発祥の地だからね。大昔に役《えん》の行者という人が蕎麦をここへ伝えたと聞いている」

「信州蕎麦の発祥の地を自称しているところは他にもあるけれどね」

これは真紀の父親の一言であった。真紀の父親は会計事務所に勤めているということで、背筋の伸びた体格は順一に似ていた。そのことを口にしたのは真紀の弟の哲であった。

「お父さんと天野さんが並んでいると親子のようだ。体格がそっくりだ」

笑い声が漏れて、それがきっかけで浜松の順一の家族の話になった。話題は順一の家族のことになった。

「両親と大学生の弟と高校生の妹がいます。弟も妹も地元の浜松の学校に通っています」

「順一さんだけが東京の大学だった訳だね。真紀が憧れた大学の……」

蕎麦を食べながらの話は尽きることがなかった。順一はその中に身を置いて、自分の家族と一緒にいるような思いであった。

順一が牧之助おじいさんの記録のことを思い出したのは、アパートに帰り着いた時だった。「あっ」と声を出したが、その時には遅かった。それで真紀に電話をしたところ、真紀の方も記録のことは忘れていた。

「明日の朝に持っていくわ」

そのような経過があって、支局にいた真紀が順一の前で紙袋から取り出したのは、和綴じの表紙に、

「私の人生」という表題を貼り付けた冊子であった。

「記録というから二、三枚のものだと思っていたけれど、これはまるで古文書のようだね」

「牧之助おじいさんはこういうことに興味があったのだって。中を開けてみて」

冊子の中は毛筆の文字で埋まっていた。漢字の行書に草書のひらがなが交じった崩し字であった。

順一はそれを読み始めたが、五行ほど読み進めたところで行き詰まってしまった。

「天野さんにも難しいのね。昔の文字だもの。これが読めるのはおばあちゃんだけ。おばあちゃんに教わって私がパソコンで打ち直してくるわ」

「そうしてもらえるとありがたい」

順一は毛筆のページを最後まで捲ってみた。冊子は二十枚ほどの上質の和紙で出来ていた。

「私もこれをじっくりと読みたいと思っていたのよ。この際、自分の勉強も兼ねて活字にしてみるわ。一週間はかかるかもね」

「待っているよ」

その場の話はこれで終わった。

真紀がパソコンで打った冊子を持って来たのは五日後のことであった。

「これでも苦労したのよ。おばあちゃんにも読めない字があってね。牧之助おじいさんは小学校の先生だったのに、どうしてこんな難しい崩し字で書いたのだろうね」

「牧之助おじいさんが亡くなったのはいつのこと？」

「平成の初めだったとおばあちゃんが言っていた。脳梗塞だったのだって。これを書いたのも平成の初めの頃だったとおばあちゃんに聞いている」

「それなら古文書には当たらないね」

順一は受け取った記録をカバンに入れた。アパートに持ち帰ってじっくりと読んでみるつもりであった。

その日の順一の心の中では、記録に何が書かれているのかという期待が消えることはなかった。そっと開けてみようかと考えた時もあったが、夜まで我慢しようと自分に言い聞かせた。

その日の帰宅は午後八時を過ぎていた。順一はさっそく記録を机の上で開いた。そこには活字の文字が行儀よく並んでいた。順一は夢中になって読み進めた。

――私は今年で七十歳を迎えた。以前の私は七十歳と言えば耄碌《もうろく》した老人を想像していたが、自分がその年齢になってみると、十代には十代の人生があり、四十代には四十代の人生があるように、七十代には七十代の人生があることが分かった。

しかし、自分が死に向かって歩いていることは間違いない。付き合いのあった人の死の知らせに接するたびに、「自分の死も近付いた」と思わないわけにはいかない。

こういう私も数年前に心臓弁膜症の手術を受けたことがあった。あの手術の前には自分の人生もこれで終わるのかと思った。

しかし、手術を無事に乗り越えた私は、残された人生をどう生きたらよいかと真剣に考えた。それから数年が経過したが、私の頭の中にしばしば浮かぶのは過去の自分のことである。

昔から考えていたことだが、自分が関わってきた教育とは何だったのか、それがどうあるべきかということは現在も私の課題である。ただ一つ明らかなことは、最近になって聞かれる生涯学習という言葉は、教育の本質を突いていると思っている。

小学生の時には小学生の教育がある。中学生には中学生の、高校生には高校生の、大学生には大学生の、大人には大人の、そして私のような年配の者には年配者の教育がある。そうやって人間は、自分を教育しながら生き続けるのであって、学ぶことを止めてしまえば他の動物と変わりがないと思っている。

そういう意味では、私は現在も読書に精を出している。ただ読むだけではない。自分の中にもやもやしている問題の解決を考えて読むのである。これは若い時から同じことであった。

私は旧制中学を出て、すぐに地元の尋常小学校の先生に採用された。師範学校を出ていないので代用教員であった。そこで一年間勤めていると、「正規の先生になりたい」という気持ちが嵩《こう》じてきた。それで両親に頼み込んで長野の師範学校へ入った。

私の生家は農業で生計を立てていたが、私には兄が一人、妹が二人いたので、私を師範学校へやるのは大変だったと思う。しかし、勤めていた小学校の校長の力添えもあって両親の許可を得たのであった。

師範学校を卒業して初任の学校は伊那の山村の尋常小学校であった。その頃の世の中は第一次世界大戦後の金融恐慌などで、農村には不景気が蔓延《まんえん》していた。特に養蚕で生計を立てていた家は、蚕が売れなくなって苦しい生活を余儀なくされていた。学校へ弁当を持って来られない子もいた。

私は同じ学校に勤める竹淵先生と一緒に農家に下宿していた。その竹淵先生から見せてもらったのが「白樺」という雑誌であった。武者小路実篤、志賀直哉、有島武郎、有島生馬などが中心になって発行している雑誌であった。中身は小説が中心であったが、西洋美術の紹介などもあった。

その雑誌は人間の自由や個性を大切にする思想で満たされていた。私はそれを何度も読み返した。そして「こういう世界があったのだ」と思った。それは人間が人間であることの証明のような世界であった。それで私も「白樺」を定期購読することになった。

雑誌「白樺」の名前は師範学校の頃に聞いたことがあった。また、東西南北会、聖書研究会、児童自由画研究会などの自由教育運動のことも聞いていた。しかし、私の気持ちは訓導（教師）の資格の取得に向かっていたので、「そういう考え方があるのだな」と思った程度であった。

それが「白樺」に接することによって大きく変わった。自分や子供の中に自立の力を求めるようになったのである。それを話題にして、下宿で竹淵先生と夜遅くまで議論を交わすことがあった。

私と竹淵先生とは考え方に共通のものが多かったが、異なるところもあった。私が「自立して自主的に生きる子供を育てなければ」と主張したのに対して、竹淵先生はそれに賛成しながら主張していたのが、社会の変革についてであった。

「そういう子供を育てるためには、現在の社会構造では不可能だ。大人もそれぞれが自立して自主的に生きられる社会にしなければならない。そのためにはまずは貧富の差を取り除かなければならない。学校へ弁当を持って来られない子が自立できるものか」

竹淵先生の主張の主旨はそういうことだった。私はそれに共鳴しながら、自分の手でそれをすることは無理だと考えていた。

その頃の私は「白樺」と同時に島崎藤村の本に夢中になっていた。島崎藤村の作品の中に、封建社会の中で自立して生きている人の姿を見ていたのである。特に「破戒」の主人公の丑松を自分に当て嵌《は》めて、古くからの社会の束縛を乗り越えて丑松のように自立して生きなければならないと考えていた。

そこで担任していた六年生に、「破戒」を一冊ずつ自分で買い与えて、朝の授業前の三十分を使って読み合わせを始めた。子供たちにとっては私の「白樺」の場合と同じで、初めて触れる心の世界だったようであった。子供たちは「破戒」に出て来る教師の丑松と私とを重ねて読んでいたようであった。

そういう中で二・四事件が起きた。昭和八年の二月四日のことであった。治安維持法に触れているという理由で、長野県で六〇八人が検挙された。その中の二百三十人が学校の先生だった。その一人が私だったのである。

その朝に私は竹淵先生と一緒に下宿から警察署に連行された。私の学校からは二人だけであったが、隣の町の学校では四人が連行された。

竹淵先生から前日の夜に「僕は警察に眼を付けられている」と聞いた。そして「本を畳の下に隠すのを手伝ってくれ」と言われて手伝った。本は何冊もあったが、レーニンの「帝国主義論」という名前を憶えている。その時の私は自分が連行の対象になるとは夢にも思わなかった。

警察の取り調べは厳しかった。狭い部屋の中で二人の刑事が私に次々に質問を投げかけた。尋問の内容は三点であった。

一つは「白樺」の購読についてである。いつから購読しているのか、購読者の間の連携はどうなっているかという質問が中心であった。私はその時になって「白樺」の読者が白樺派と呼ばれて、危険思想の持ち主とされていることを知った。危険思想の理由は国の思想統制から外れた自由主義にあった。

「同じ下宿の竹淵先生に勧められて読んだだけです。読んでも僕の頭に残るようなことは出ていなかった」

私はそう言って追及から逃れた。

二つ目は「破戒」の読み合わせのことであった。それが警察に知れていたことは私には意外であった。

「女子師範学校の川井訓導事件を知っているか。教科書以外のものを教材にして教育するのは違法だ」

これについては私は以前から考えてあった。それは授業開始前の朝の時間に読み合わせをすることであった。

「あれは授業ではありません。朝の読書で子供の頭をすっきりとさせるためです」

これも追及逃れのためであったが、「破戒」を読んでいない刑事には効き目があったようである。

三つ目は「新興教育同盟」の件であった。そういう団体への加入を竹淵先生に勧められたことがあった。しかし、私は「団体によって自分を束縛されるのは嫌だ」と言って断った。

竹淵先生は学校の休日に「新興教育の会合がある」と言って出かけることがあった。私はそういう日には、生家に帰って農業の手伝いをした。そのことは竹淵先生の取り調べでも明らかになった模様で、私は二日間の取り調べだけで放免になった。

学校へ戻った私は直ちに校長に警察でのことを報告した。その時の校長の言葉が忘れられない。

「竹淵君のとばっちりを受けたのだな。これからは『破戒』も『白樺』も止めるようにしなさい」

竹淵先生はそれからは下宿や学校へ姿を見せることがなかった。「教員赤化事件」とも言われたこの時の教育関係者は、その後は闇に葬られてしまった。

私は内心で竹淵先生の考えに賛同していたのだ。しかし、何より自分が自分でいたかったというのが私の本音であった。島崎藤村も「白樺」の人たちもそう考えていたに違いなかった。しかし、臆病な私は警察の追及から自分を守ることに必死であった。今になってみれば私にはその私の態度が許せない。

二・四事件と言われるこの事件のあとの私は、心の中に鬱積《うっせき》したものを溜めながら、授業に専念することに心掛けていた。学校の先生の多くが、私と同様に社会の動きから背を向けるようになった。社会の動きに少しでも関心を持つと当局の視野に入ることを怖れたのである。

受け持っていた六年生の卒業と同時に、私には新たな世界が開けた。三月の初めに校長室へ呼ばれたのであった。

「君は町の学校への異動が決まった。私の親戚筋に当たるその町の地主の家で、君を養子に欲しいと言っているのだが、どうだろうか。娘は女学校を出た秀才で美人の評判が高い。君は師範学校を優秀な成績で出ているのだから、これまでのことは忘れて新しい世界で活躍して欲しい」

校長にそう言われた時点で、私はそれを受け入れるつもりになっていた。私が警察の取り調べを受けたことは村の中で知れていたので、「この村を離れたい」という気持ちがあった。地主の家の養子というのも悪くはなかったし、結婚の相手が女学校を出た美人というのも魅力があった。

この話は急速に進んで三月の末には町の小坂家へ婿《むこ》養子に入った。小坂家は両親と妻になった園枝の三人の家族であった。園枝は愛嬌のある明るい性格で、両親と共に私を大事にしてくれた。当時は師範学校を出た先生の社会的地位が高かったので、私を養子にしたことを家族も誇りにしていた。私は自分の安住の地を得た思いであった。

ところが町の学校は国の政策を受けて上意下達の傾向が強かった。校長が絶対的な存在で、それを教頭や教務主任が強力に支えていた。先生たちはそれに忠実に従っていた。私もその空気の中に否応なく組み込まれた。

学校での私は普通の顔をしていたが心の中は悶々としていた。世の中が急速に戦争に向かっていること、教育もそれと歩調を合わせていることを私は察知していた。先生たちからはしばしば軍国主義教育という言葉を聞くことがあった。二・四事件はその実現のために仕組まれたものだったのだ。

学校の三年生以上は男子と女子とが別々の学級になっていた。私の受け持ちは男子の学級であった。その男の子の大半が、将来は軍人になって日本のために戦うことを考えていた。

その頃には子供の存在が国の将来を支える材料になっていた。子供たちの世界が子供のものではなくなっていた。私はそのことに反発を抱いていたが、私の力ではどうすることもできなかった。何か変わったことを言ったりすれば、官憲の知るところとなるのは必至の時代であった。

そういう中で日本は太平洋戦争に突入して、米英などの大国と戦うことになった。昭和十六年のことである。私にはこの大国を相手の戦争に不安があった。これは師範学校で世界のことを勉強した教師に共通であったと思っている。

その頃の学校には代用教員が多かったので、戦争の進行に伴って代用教員の出征が続いて、その都度新しい代用教員が採用された。そういう中で師範学校を出た正規の先生は重視されていたが、警察の取り調べの前歴を持つ私は、校長や教頭から敬遠されていた。

代用教員の中には生徒に大尉、軍曹、二等兵などと軍人の階級を付けて、子供たちを支配している先生がいた。私は堪り兼ねて注意したことがあった。

「子供に軍人の階級をつけるのは早いのではないか」

それを言ったことが伝わって私は校長室へ呼ばれた。

「若い先生がお国のために張り切ってやっていることに、先輩が余計な口を出すものではない」

これは一例であるが、私は学校の主流から外れた日々を送っていた。そういう時に長女が生まれた。島崎藤村の藤の文字をとって藤子と名付けた。二年を置いて稔が生まれた。これは自由主義が稔ることを願ったのであった。私にとってはその子たちの成長が生きがいであった。

そういう中で勝鬨《かちどき》を上げていた戦況が、年を追って後退していくのが私にも分かった。都会への空襲が頻繁になった昭和十九年には、「日本は負けるかもしれない」と思うようになったが、家族の中でもそれを口にすることはなかった。

昭和二十年になるとこの田舎の空にもＢ29の爆撃機が通過するようになった。低いところを悠然と通過していくのである。爆撃には遭わなかったが、それを見た私は「あの飛行機は大砲で攻撃されないことを知っている。日本にはもうその戦力がないのだ。日本は近々負けると思うが、その負け方が問題だ」と思っていた。

そして終戦の詔勅。それを聞いた時には私は家の中で「万歳」を叫んだ。それを見ていた藤子が私を咎めた。藤子も学校で「今に神風が吹いて日本が勝つ」という教育を受けていたのである。

終戦によって学校の中は一挙に様変わりした。先生たちの尊敬の眼差しが私に向けられるようになった。私にお世辞を言って近付いて来る先生もいた。その原因は私が二・四事件の折に警察の取調べを受けていたことにあった。それまでの敬遠が一挙に賞賛に入れ替わったのであった。

民主主義、自由、平和、欧米文化、というような言葉が盛んに使われるようになった。戦時中に軍国主義を謳歌していた先生が、私にぬけぬけと言ったことがあった。

「僕は内心では戦争に反対していた。小坂先生と同じ気持ちで苦しい五年間を過ごしていた」

その頃のことで私の頭を離れないのは、教科書に出ている「天皇」や「戦争」に関わる文字を、生徒に墨で塗りつぶさせたことである。その意味は分かっていたが、今でもあの行為は釈然としない。

その気持ちを自分なりに分析してみると、戦争を起こしたのは政治家であり軍人によるものであったという見方に対する反発である。それは間違いではないが、それを支持していたのは国民ではなかったかと思うからである。「天皇」や「戦争」の文字を塗りつぶすことは、善悪は別として自分の過去を塗りつぶすことでもあった。

あの頃には教職員の適性審査が密かに行われていた。軍国主義教育に力を入れていた先生は自分で学校から離れたことになっていたが、実質は教職からの追放であった。生徒に軍隊の階級を付けた先生はいつのまにか学校からいなくなった。

その翌年には新しい校長が就任した。それに伴って私は教務主任になった。自分より年配の先生を越えた人事であった。年を追って教職員の組合運動が盛んになった時代で、それを無難に誘導するために二・四事件で拘束された経験のある私を教務主任にしたのではないかと疑っている。

教育関係を担当しているアメリカの軍人の学校視察があった。学校を訪れた若い軍人は以前の日本の軍人の幹部のように丁重に迎えられた。それは腫物に触るような丁重さであった。

困ったのは子供たちが外国人を見るために、校長室の窓にしがみ付いて中を覗いたことだった。それを追い払うのが教務主任の私の役目であったが、追い払っても追い払っても、次の瞬間には子供たちが集まってきた。これはどの学校でも同じだったようである。

アメリカ兵はそれをどう受け取ったかは分からない。私の想像ではスターになったつもりでいたのではなかったか。そのように思う根拠は、ある厚かましい噂によってであった。

アメリカ兵はある学校で校長に自分の夜の相手をする女を求めたということである。それで校長は困り果てて街にいた芸者に話を持ち掛けた。最初は芸者に拒否されたが、土下座して懇願した末に、ようやく受けてもらうことができたという噂であった。真偽の程は分からないが、似たようなことがあちこちであったと思えてならない。アメリカ兵は自分を日本の支配者のように思っていたのではないだろうか。

戦後の転換はさまざまな分野にわたっていた。それを大きく括って言えば、天皇中心の社会からアメリカ中心の社会への転換であった。私が若い時から求めていた自主自立とは縁がなかった。

その後の私は教頭、校長と順次昇任していった。家族をはじめ他人には順調に見えたかもしれない。しかし、私の中では時代の流れに翻弄されている自分の姿が頭から消えることはなかった。

人間一人ひとりはかけがえのない存在である。その自立を支援するのが教育の本質である。私はそう考えて、それに向けて努力をしたつもりだったが、それが実現したとは思っていない。私自身が世の中の流れの中で、溺れそうになりながら流されて来たようなものだった。

臆病な私は満たされない気持ちを外に漏らすことはなかった。それをすれば私は再び新しい流れの中で溺れなければならない。それで宴会があったような時にはその場に調子を合わせて会話をしていた。会話の中心はそれまでの軍国主義の教育の全面否定であった。それが自分を守るためのものであることは私には分かっていた。

私にはそれが不満で家に帰ってから愚痴ることがあった。相手は妻のこともあったが、妻は昼間の農作業で疲れて寝ているので、長女の藤子を相手にすることが多かった。

そういう私の愚痴の中身を藤子が理解していたかどうか分からない。しかし、藤子はじっと黙って聞いてくれていた。時には酒で具合が悪くなった私の介抱をしてくれた。

学校を退職してからの私は、農作業と読書が中心の生活であるが、暇をみては天竜川で釣りをしている。川岸に腰を下ろして淀みに釣り糸を垂れるのである。読書と自然の中で生活するようになって、私は初めて自分が自分であるという自覚を持つことができるようになった。

釣りをしながら天竜川の流れを見ていると、頭に浮かぶのは自分の過去の出来事である。自分の過去はこの流れのようなものだったと思うのである。

自分は流れの中に浮かぶ一枚の枯れ葉であつた。小川に落ちた一枚の枯れ葉、それが支流に流れ込み、やがて天竜川に合流して、ある時は激流に揉まれ、ある時は緩やかな流れの中を漂い、この淀みに到着したのではなかったのか。

枯れ葉はここから新しい流れに巻き込まれて、やがて太平洋に達するであろう。その時には私はこの世から姿を消しているだろう。釣りをしながら私はそんなことを考えるのである。

翌日に出勤した順一は、机の拭き掃除をしていた真紀に訊かれた。

「牧之助おじいさんの手記はどうだった?」

「うーん……」

順一は唸った。どう返事をしたらよいか迷ったのだ。

昨夜の順一はあれを三度も読み返した。そのあとで寝床に入ったが、なかなか寝付けなかった。牧之助おじいさんの思いが頭の中を駆け巡っていたのである。

それまでに調べた農耕隊、満蒙開拓、学童疎開などに至るまでの過程には、国による強力な思想統制があった。その思想統制は戦争遂行のための準備でもあった。それを国民の大部分が受け入れていたのである。

だが、牧之助おじいさんはそれを受け入れることができなかった。心の中には反発を抱きながら、受け入れたふりをしていたのである。こういう人は牧之助おじいさんの他にもいたに違いない。おじいさんと同じで口から出すことをしなかっただけのことである。

順一には考えさせられたことがあった。それは終戦後の牧之助おじいさんのことである。外からは順調な生活を送っているように見えていたが、胸の中では戦時中と同じ悩みを抱いていたのだ。それは時代の動きに支配され、翻弄されている日本人に対する失望である。牧之助おじいさん自身も、自分がその一人であることを自覚していた。

そのことは日本人の多くが戦後も自立できていなかったことの証明である。時の流れの中で流されて生きているのが日本人であったとすれば、日本には民主主義がまだ確立していなかったことになる。

順一も報道の仕事に携わっている自分の中に、それと同じものを感じ取っていた。

「何を考えているの？」

真紀に求められて順一は口を開いた。

「あれを読んで戦争の前に何があったのかよく分かった。戦争は突発的に起きたのではなかった。周到に準備されたものだったのだね」

「私もそれを思ったわ。牧之助おじいさんの生き方についてはどう思ったの？」

これは難しい問題であった。順一は無難な返事をしないわけにはいかなかった。

「個人の自立を考えているおじいさんの気持ちがよく分かった。僕も同じことを考えている」

真紀の拭き掃除は会話の途中で終わっていた。そこで真紀が言葉を改めて神妙に言ったことがあった。

「私は牧之助おじいさんをモデルにして小説を書いてみようと思っている。あれをパソコンで打っている時に思い付いた」

「書いたら僕に読ませてくれないか？」

「天野さんに読んでもらうために書くのよ。初めて書く小説なので短編というより掌編になると思うけれど」

「楽しみにしているよ」

その時に長谷川記者が顔を出した。二人はそれで離れたが、そこを見た長谷川記者がからかうように言った。

「デートはどうだ?」

「とても楽しかったわ」

真紀の冗談のような一言であった。

順一はその時に自分の心が騒いでいるのを自覚した。自分のために書くという真紀の小説への期待もあったが、「とても楽しかった」という言葉に心が動かされたのである。真紀が自分に心を寄せていることは間違いなかった。自分が真紀に結婚を口にする時が近付いていると思った。

真紀の小説が順一の手に入ったのは、それから半月後のことである。牧之助おじいさんの時と同じように、パソコンで打った文字が紙面にびっしりと詰まっていた。

——晴れ渡った空の下を天竜川が流れている。川の水は急流になったり岩に突き当たって飛沫《しぶき》を上げたりして流れている。

川が大きく湾曲しているところは淀みになっていて、その岸辺で釣り糸を垂れている人がいた。麦《むぎ》藁《わら》帽子の下に隠された顔は、七十歳を迎えた小坂牧之助である。

午後になって釣りを始めたが、まだ一匹も釣れていない。それでも身じろぎもしないで水面を見つめている。

「おじいちゃん」

そこへ声をかけながら現れたのは、曽孫の真紀であった。真紀は大学の受験に失敗して浪人している。勉強に飽きると釣りをしているおじいちゃんを見に行くのである。

「真紀か。勉強は進んでいるか?」

「来年は大丈夫」

真紀は答えて話題を変えた。受験のことは話題にしたくなかったのだ。

「おじいちゃんは釣りをしながら何を考えているの?」

「釣りのことを考えているさ。でも、今日のように何も釣れない時には、昔のことを思い出している」

牧之助は横に座った真紀の方へ眼を移した。

「昔のことを聞きたいか?」

「聞かせて」

牧之助はしばらく黙っていた。真紀は期待してじっと待っていた。

「思い出すことは山ほどあるけれど、真紀が興味がありそうなのは、おじいちゃんが警察に引っ張られた時のことかな」

「おじいちゃんは警察に引っ張られたことがあるの？」

「学校に勤めて間もなくのことだった。あれは昭和八年の二月四日のことだった」

「よく憶えているのね」

「あれはおじいちゃんにとっては大事件だったからな。おじいちゃんだけではない。日本にとっても大事件だった。日本が曲がり角に差し掛かった日だった」

牧之助はそう前置きをして話し始めた。


その日のおじいちゃんは普段と同じように起床して、庭の井戸端で歯を磨いていた。同じ家に下宿している竹淵先生と一緒だった。竹淵先生は五年生の担任、おじいちゃんは六年生の担任だった。二人で雑談しながら歯を磨いていると、後ろでパタパタと足音がした。振り返ってみると、そこには村の駐在の巡査と体格のよい二人の男が立っていた。

「竹淵先生と太田先生だね」

太田というのはおじいちゃんの結婚前の姓だ。

「これから警察署へ来てもらうから洋服に着替えてくれ。自分たちはここで待っているから逃げたりしないように。逃げると罪が重くなる」

おじいちゃんも竹淵先生も寝間着のままだった。おじいちゃんは竹淵先生と一緒に家の中へ入った。

竹淵先生は前日から警察の用件を予想していた。おじいちゃんも察していたが、まさか自分が警察署に連れて行かれるとは思っていなかった。

前の日に学校から帰った竹淵先生が、日頃見せたことのない怖い顔でおじいちゃんに言った。

「警察の手入れがあるという噂を聞いた。僕も対象になっているようだ。それでこれから本を畳の下へ隠したい。畳を上げるのを手伝ってくれないか」

「警察が何の手入れをするの？」

「新興教育同盟の会員を狙っているようだ。太田先生は会員ではないから心配ない」

おじいちゃんは畳を上げて、その下へ本を隠すのを手伝った。何冊もの本を並べて隠したが、どれも難しい題名の本であった。その中でレーニンの「帝国主義論」という本の名前が記憶に残っている。

その時のおじいちゃんは、竹淵先生が警察署へ連れて行かれることになれば学校や村の人たちが騒ぎになるだろうと考えていた。しかし、教育同盟に属していない自分は安心だと思っていた。

だから竹淵先生と一緒の連行は意外であった。洋服に着替えたおじいちゃんは、竹淵先生と一緒に車で町の警察署へ連れ込まれた。警察署へ着くまでには三十分ほどの時間があったが、車内の警察官は一言も口を利かなかった。

警察署に入った二人は別々の部屋へ入れられた。その時のおじいちゃんは、竹淵先生のことを聞き出すために連れて来られたのだと考えていた。

しかし、二人の刑事がおじいちゃんに向き合った顔を見て、これは自分の取り調べなのだと気付いた。年配の刑事と若い刑事は、恐ろしい形相でおじいちゃんを睨みつけていた。

「名前と年齢は？」

年配の刑事であった。

「太田牧之助です。二十四歳になります」

「本籍は？」

こうしておじいちゃんの身元が調べられた。家族の様子を訊かれた時には、おじいちゃんの家へ警察が乗り込むのではないかと心配した。それほどに二人の刑事の眼差しには怖いものがあった。

刑事の取り調べは年配の刑事の尋問が中心で、おじいちゃんが購読している「白樺」という雑誌のことから始まった。

「その雑誌はいつから読み始めた？」

「二年前からです」

「その雑誌のどこがいいのだ？」

おじいちゃんに直感が働いた。戸倉尋常高等小学校で起きた事件、倭尋常高等小学校で起きた事件には、「白樺」の読者が関係していたと聞いていた。いずれも自由主義に絡む事件だった。それでおじいちゃんは嘘をつくことを考えた。

「あの雑誌は華族の方や大金持ちの方が編集していると聞いています。それに憧れて読むようになりました」

「それで？」

「書いてあることが僕とは別世界のことだし、考え方も僕にはなじめないので、最近は送って来ても眼を通さなくなりました」

「それならどうして購読を止めないのか？」

おじいさんは竹淵先生のことを気にかけながら答えた。

「雑誌を紹介してくれたのは、一緒に下宿している竹淵先生でした。それで購読を止めるのは申し訳ない気がして、読まないけれどそのままになっています」

「白樺」についての追及はそれで終わったのではなかった。「白樺」関係者の名前をしつこく訊かれたのである。

「武者小路実篤、志賀直哉、有島武郎の三人しか知りません」

「その三人の文章の内容を言ってみろ」

「そう訊かれてもじっくりと読んだわけではないので、僕には答えられません。ただ、志賀直哉の文章には無駄がないと思ったことを憶えています」

刑事はおじいちゃんから、「白樺」の自由主義に共感しているかどうかを聞き出そうとしていることが分かった。それでおじいちゃんは雑誌の内容について話すことは避けていた。

「白樺」についての追及は二時間近く続いたけれど、様々に角度を変えての尋問に、おじいちゃんは屈することはなかった。

最後には二人の刑事は互いに目配せをして椅子から立ち上がった。

「ここで一休みだ。便所はいいか?」

「お願いします」

トイレは若い刑事と一緒だった。若い刑事は立小便をしながらおじいちゃんに言った。

「本当のことを正直に言った方が、早く家に帰れるのだぞ」

「僕は嘘を一言も言っておりません」

取り調べの部屋に戻ると、テーブルの上には簡単な昼食が用意されていた。これでは午後も取り調べがあることになる。おじいちゃんは自分が取り調べを軽く考えていたことに改めて気がついた。

午後の取り調べは島崎藤村の「破戒」についてだった。おじいちゃんは生徒に一冊ずつ「破戒」を与えて、朝の始業前の三十分間に読み合わせをしていた。刑事はそれを問題にしたのだ。

「松本の女子師範學校の川井訓導のことを知っているか。あそこでは修身の時間に教科書以外の教材を使っていた。森鴎外の『護持院原の敵討』という小説だ。その小説をどう思う?」

ここでもおじいちゃんは考えた。「護持院原の敵討」は読んであったが、内容に触れるのは止めようと。

「その本は読んでないから何とも言えません。そのどこが問題なのですか？」

「教科以外のものを教材に使うのは法律違反だ。おまえは島崎藤村の『破戒』という本を生徒に配って、みんなで読み合わせをしているというではないか。これは川井訓導と同じことだ。授業で教科書以外の知識を子供に注ぎ込むことは、国の教育方針に反する。それで川井訓導は学校から追放された」

「僕の場合はそれとは違います。僕の場合は授業で『破戒』を読んだわけではありません。朝の授業が始まる前の時間に、子供の頭をすっきりさせるためにやっていたことです。授業ではないから法律に違反していないことをあらかじめ調べてから始めたのです。島崎藤村を選んだのは、子供たちと同じ信州の生まれだからです」

「その小説のどこがいいのだ？」

「苦しみを乗り越えて頑張って勉強しているところです」

その時にはおじいちゃんは二人の刑事が「破戒」を読んでいないことに気がついていた。その内容も知らないで、国の政策を批判している書物と思っていたようだった。

尋問を繰り返す刑事に、おじいちゃんは言ってやった。

「島崎藤村の生まれは木曽の馬籠宿の本陣です。明治政府の岩倉具視候も泊まったことがあって、島崎藤村は岩倉具視侯と知り合いと聞いています」

この一言は効き目があった。島崎藤村を批判すれば自分に非難が降りかかることを恐れたようであった。

「それなら日頃はどういうものを読んでいる?」

「福沢諭吉の『学問のすゝめ』は何度も読みました。これからは学問を身に付けて、お国のために尽くすことのできる人間にならなければと考えています」

この一言も刑事の疑いを晴らすことになったようだ。「そうか」と言って二人の刑事はひそひそと内緒話をしていたが、そのあとでおじいちゃんを残して外へ出て行った。刑事はなかなか戻って来なかった。

おじいちゃんは想像していた。取り調べたことを基にして、おじいちゃんを家に帰すことを相談しているのではないかと。それなら今日の内にここを出ることができる。

ところが夕方になって姿を現した若い刑事に連れて行かれたのは、留置場になっている部屋であった。部屋の中には竹淵先生が座っていた。しかし、おじいちゃんの顔を見て「おう」と一言発しただけだった。

その夜は眠れないままに暗い天井を見つめていると、竹淵先生の声が耳元で聞こえた。

「黙って聞いてくれ。刑事に聞かれるかもしれないから」

そう言って話したのは「日本労働組合全国協議会」と「新興教育同盟」のことだった。

「そのことで何か訊かれたか?」

「訊かれていない」

「それなら明日は話が出る。このことについては知らぬ存ぜぬで通せ」

「分かった」

その団体のことはおじいちゃんも予想していた。その日の尋問に出てこなかったことを不審に思っていたのだ。それがおじいちゃんを連行した目的だと思っていたから。

予想通りに翌日の尋問は、「新興教育同盟」のことであった。刑事の話を聞いていると、その同盟は結成の過程にあるということだった。それに参加することを竹淵先生に勧められたことがあった。

おじいちゃんはその勧めを断った。理由は「団体に入って自分を束縛されるのは嫌だ」ということだった。

竹淵先生は学校の休日には、「新興教育の会合がある」と言って出かけることがあった。おじいちゃんはそういう日には生家に帰って農作業の手伝いをしていた。

おじいちゃんが自分への束縛を拒否する姿勢は、生来のものと思っている。子供の頃には親の束縛から逃れようとしていた。通った学校でも一人で黙々と勉強していることが多かった。それが先生の眼には勉強に集中していると映っていたようだ。

おじいちゃんは刑事の追及に対してこう答えた。

「そんな団体があるとは竹淵先生からも聞いたことがありません。竹淵先生も僕がそういう団体を嫌っていることを知っていたと思います。僕は人が集まってこそこそと話をすることが嫌いですから」

団体についての取り調べは執拗だった。おじいちゃんはそれに関する情報は、ある程度は聞いていたが一切知らないことにした。それは竹淵先生に言われていたことであった。

取り調べはときどき中断されて、刑事は部屋を出て行った。取り調べに慣れてきたおじいちゃんは、その頃には刑事が何のために部屋を出て行くのかを推察していた。竹淵先生の取り調べの内容と符《ふ》牒《ちょう》を合わせていたのだ。

その結果だと思うが、おじいちゃんは二日目の昼食の後で釈放された。警察署の玄関から出された時に、年配の刑事の言った言葉が忘れられない。

「国の方針に基づいて教育に専念しろよ。お国ために尽くすことのできる子供を育てるのだ」

「はい」

おじいちゃんは素直に返事をしたが、心の中では「国の方針とは何だ。国が国民を縛って身動きできないようにするだけではないか」と思っていた。

電車に乗って学校の近くの駅で降りて、それから歩いて学校へ戻ったおじいちゃんは、校長室へ行って警察署であったことを報告した。その時の校長先生の言葉が忘れられない。

「竹淵先生のとばっちりを受けたのだな。これからは『白樺』も『破戒』も止めるようにしなさい。そうしないと今度は私のところへとばっちりが来るかもしれない」

竹淵先生はそれからは学校へ姿を見せることがなかった。「教員赤化事件」とも言われたこの時の関係者の動向のその後は闇に葬られてしまった。

真紀。おじいちゃんが釣りをしながら考えていたことはいろいろあるけれど、いちばん多いのはその時のことだ。

あの時の刑事の高圧的な態度は忘れられない。それに対して上手に誤魔化していた自分の態度も忘れられない。また、竹淵先生を自分の外に置いて刑事の尋問に答えていた自分も許せない。

そのことは戦後になっても同じことだった。おじいちゃんは自分を守ることを中心に考えて生きて来たような気がする。そのことが今になって悔やまれる。しかし、それしかできなかったという思いもある。

真紀は真紀だ。自分の思うように生きるがいい。人の一生ってそんなものだ。あれっ、魚が糸を引いているぞ……。

牧之助おじいさんが釣り上げたのは鮒であった。牧之助はそれをバケツへ入れて、再び川へ釣り糸を垂れた。その様子を見ながら真紀には訊きたいことがあった。

「竹淵先生はその後はどうなったの？」

「そのことか……」

牧之助の視線は水面に落としたままだった。

「刑務所に入れられた。そのことが分かったのは戦後のことだ。刑務所を出た竹淵先生は、その後は参議院議員に立候補して当選した。だが二期目の途中で病気に見舞われて亡くなった。真紀は名前も知らないだろう」

「竹淵……」

「竹淵徹という名前だ」

「名前は聞いたことがあるわ。選挙違反で問題になった人でしょう？」

「そうだ。彼は革新系だと思っていたけれど、立候補の時に保守系であったことが分かって驚いたものだ」

「節を曲げたということ？」

「そうではなかった。後に彼に会った時にそのことで話を聞いた。彼はおじいちゃんと同じ『白樺』の愛読者で、大正デモクラシーの信奉者だった。その時に彼は『政党が個人の考えを規制するのはよくない。個人の考えることが政党に映るのでなくてはならない』と言っていた」

「それならおじいちゃんと一緒だね」

二人は黙ってしまった。天竜川の流れる音が途切れることなく続いていた。真紀は考えた。日本には個人の生き方を大事にする考え方と、属している団体の方針を大事にする考え方の二つがあると。個人主義と全体主義と言ってよいのかもしれない。その対立は今も続いている。

牧之助おじいちゃんは個人の生き方を大事にしたいと思いながら、国の方針に従わざるを得なかった。その無念の気持ちを悔やんでいるのだ。真紀は牧之助おじいちゃんの二の舞にならないことを決心していた。

それから数日後に、順一と真紀は天竜川の堤防の上を歩いていた。天気のよい日曜日であった。真紀は休日、順一は地域で行われた行事の取材を終えたあとの時間であった。

堤防が湾曲している場所に差し掛かると、真紀が突然立ち止まった。

「牧之助おじいさんが釣りをしていたというのはこの下なのよ。おばあちゃんに教えてもらったことがあった」

「川が淀んでいて釣りには最適の場所だね」

二人は手をつないで堤防を下りた。下は河原になっていて、その向こうには迂回した川の流れがあった。

「ここは川が湾曲しているから本流があちら側を通って、こっち側はこうして淀んでいるのよ」

順一は真紀の説明を聞きながら川の流れを眼で追っていたが、やがて河原の石の上に腰を下ろした。

真紀も並んで腰を下ろした。目の前には太陽の光を跳ね返している水面があった。

「牧之助おじいさんはここで釣りをしていたのだね」

「でもあまり釣れなかったとおばあちゃんが言っていた。牧之助おじいさんの目的は釣りではなくて、ここで天竜川の流れを見ていることだったのだって」

「おじいさんの気持ちは僕にも分かるような気がする」

そこで真紀が順一の顔に真剣な視線を当てた。

「どうだった?」

「何が?」

「私の書いた小説のことよ」

「二・四事件の時の牧之助おじいさんの様子や気持ちが伝わって来た。一気に読んだよ。牧之助おじいさんは真実を貫こうという気持ちと自分を守ろうという気持ちの両方があって、その間で悩んでいたのだね」

「それが私の書きたかったことなのよ」

「あれはおじいさんの手記を基にして書いたものだと思うけれど、その他にも参考にしたものがあるの？」

「あるわ。おばあちゃんの話。それから長野県の教育史の本も参考にした。でもそれは参考程度で、あとは私の想像で書いたものなのよ。私は牧之助の曽孫に当たるけれど、生まれた時にはおじいさんは亡くなっていたから、人物の設定も架空のものなのよ」

「竹淵先生が戦後に衆議院議員になったというのは本当のことなの？」

「あれも私の想像なのよ。苦しくても自分を曲げなかった人に光を当てたかった。それに二・四事件で犠牲になった先生たちの多くが、『白樺』の人道主義や自由主義思想の持ち主であったことを書きたかった」

「そうだったのだね」

順一は天竜川の水面を見つめていた。淀みの水は微かな渦を巻きながら流れていた。

「新聞の記事というのは、事実を事実として書くのが前提だ。想像を交えることは許されない。しかし、小説は想像が描かれてはじめて小説になる。その想像力が真紀さんにはある。地道に努力を続けていけば、立派な小説が生まれるような気がする」

「順一さんにそう言ってもらえれば嬉しいわ」

順一はこの一言に胸が高鳴る思いがした。これまでの真紀は自分のことを「天野さん」と言っていた。それは記者たちの間の呼び名でもあった。「順一」と呼ばれるのは初めてのことであった。

それを聞いた順一は、自分の心の中を正直に語ることにした。

「僕はここに赴任していろいろと勉強ができた。あと七ヵ月で本社に戻る予定になっているけれど、ここで勉強したことは大きかった。戦争の悲劇を知ったのは大きな収穫だった。今の日本の世の中では忘れられつつあることだからね。それを調べている中で痛切に感じたことは、マスコミというのは何かということだ。かつてのマスコミは事実を伝えているように見えて、結果的には戦争を支援していた。例えば戦時中の大本営の発表をそのまま記事にすれば、事実のつもりで書いても嘘の宣伝になっていたようなものだ。そういう意味では真紀さんの小説には、時々の事象を見つめるもう一つの視点があることが分かった。僕はこれからも記者を続けるつもりだけれど、事実を書いたつもりでも、そこには何かの視点が交じることが分かった。その視点が軍部に利用されていたと知ったのは戦争遂行の事実だった。新聞に書かれていることは事実だと信じていた国民によって戦争が進行して行った。そこに嘘が交じっていることに気付いたのは、戦争に負けた瞬間だった。牧之助おじいさんは戦時中からそれに気付いていたのだね。そのことが僕が学んだ最大のことだった」

「順一さんのマスコミへの情熱は素晴らしいわね」

「これからのマスコミは新聞が主役になるかどうか分からない。いろいろな報道機関が発達しているからね。そういう世の中の変化を見つめて、僕は心の底で平和を視点にしながら事実を事実として表現していきたいと思っている」

「素晴らしいことだわ。私は事実の中の真実を小説にしてみるつもり。それは平和を視点にして記事を書くのと同じことだわ。でも、順一さんが東京へ帰ってしまえば、私は心の中が空っぽになりそうだわ」

この一言も順一の胸を打った。川の流れを見て考えていた順一は、そこで決断して言った。

「僕も牧之助おじさんの手記のように、天竜川を流れる葉っぱのようなものだ。これからどこへ流れていくか分からない。本社に戻っても、ずっと本社にいることはできないと思う。そのうちに地方の支局に回される。そうやって全国を転々と異動するのが新聞記者の宿命だ。だから僕の葉っぱは天竜川を漂っているだけではない。どこの川を流れるか分からない。そう考えると何か寂しくなる。一枚の葉っぱで川を流れていくのは寂しい。一緒に流れる葉っぱが欲しい」

順一の額には汗があった。それを横から見つめていた真紀がはっきりした口調で言った。

「私が一緒に流れるわ」

「そうか、一緒に流れてくれるか。僕は前からそれを考えていた」

「私も……」

真紀が順一の体に手を回した。順一も真紀を抱き締めた。

「だけど僕は真紀さんの牧之助おじいさんの悲しみを繰り返したくない。自分の本心を大事にして生きるつもりだ。その前途には何があるか分からないけれど、それでいい？」

「私もそのつもりよ」

二人が抱き合っている近くでは、天竜川の流れる音が高く聞こえていた。その時の順一の頭に浮かんだのは、二枚で一緒に絡みながら太平洋へ流れこむ枯れ葉の姿であった。

オウム真理教との訣別 ——戦後の悲劇——

支局の近くにある「太田」は、古民家を改造した食堂である。昼食時には五十の席がほぼ埋まっている。

天野順一は先輩の長谷川記者と「太田」で昼食をとることが多かった。その意味は長谷川記者の言葉に表れている。

「こういうところで耳に入る雑談が、大事な取材のきっかけになることがある。役所回りに頼っていたのでは、地域の隠れた情報はつかめない」

順一はここで耳にした看護師の話がきっかけで、病院の不祥事の記事を書くことができた。その病院では治療費を誤魔化していたのである。

古株の長谷川記者はこの店の常連に顔見知りが多い。店に入るとそういう人に気軽に声をかけている。そのお陰で順一にも知り合いが何人かできた。

「太田」では法被姿の中年の男性を見かけることがあった。法被の襟には「小川農園」と書かれている。それを見て順一が長谷川記者にそっと尋ねてみた。

「あれは何を作っている農園ですか?」

「ブドウだ。伊那の土地は果樹栽培に適しているからね」

順一は取材で外出した時に、道路脇にリンゴやブドウの果樹園を見ることがあった。その様子を思い浮かべていると、長谷川記者が耳元で囁いた。

「あの男は小川農園を取り仕切っている溝上晃だ。彼は昔はオウムだった」

「オウム？」

「オウム真理教だよ。オウム真理教が起こした事件のことは知っているだろう？」

オウム真理教のサリン事件は、順一が生まれた頃のことであった。報道はその後も続いていたので、事件の中身はほぼ分かっているつもりである。頭に焼き付いているのは、一連の事件がオウムというカルト教団によるテロ事件であったということである。

それを思い出して溝上を横目で見やったが、その風采には特に変わったところはなかった。昼食を済ませて支局に帰ると、長谷川記者が応接のテーブルに順一を手招きした。

「溝上晃のことを聞きたいのだろう？」

「ええ」

順一は椅子に腰を下ろして身を乗り出した。長谷川記者は勿体ぶった咳払いをして口を開いた。

「天野君は本社に帰るまでにあまり時間がない。東京の本社に帰れば仕事に追われて余裕がないかもしれない。ここでオウム信者だった溝上君に会って話を聞いてみないか？」

「ぜひお願いします。ここで戦前や戦時中のことをいろいろ調べさせてもらいましたが、戦後の大事件と言えばオウム真理教のサリン事件です。その事件が戦前や戦時中の事件とどういう関連があるのかを知りたいと思います」

「そうか……」

長谷川記者は考えていたが決断したように言った。

「溝上晃は東京生まれで有名な大学の学生だった。オウム真理教の在家信者で、オウム関係の仕事をしていたことがあった。だが彼は一連のテロ事件とは無関係だった。それで罪に問われることはなかった」

「彼はどうしてここで果樹園をやっているのですか？」

「オウムの事件があって、母親の生まれた伊那へ逃避したということだ。母親の実家の果樹園で手伝いをしていたが、祖父が脳卒中で半身不随になった。それで現在は農園の中心になってブドウ栽培をしている。それ以上のことは私も知らない。興味があったら自分で直接当たってみるといい」

「僕を溝上さんに紹介してくれますか？」

「それはいいけれど、彼のことを記事にするのは控えてもらいたい。彼にとっては忘れたい過去なのだから。彼の話を聞いてオウムについて勉強するのは構わない。現在も世界の各地では宗教を背景にテロが続発しているから、その原因を考える際の参考にもなる」

その時に順一の心の中に頭を持ち上げた記憶があった。それは父親の本棚にあったオウム真理教の文庫であった。著者は教祖の麻原彰晃になっていた記憶がある。

その日の夜に順一は浜松の生家に電話を入れた。電話に出たのは父親の貞次郎であった。麻原彰晃の著書の話を持ち出すと、「ちょっと待て」と言って三分ほど経って返事があった。

「本棚の隅にあった。『日出づる国、災い近し』という小さな本だ。これがどうした？」

「記事の参考にしたいから送ってくれないかな」

貞次郎の返事までには時間があった。

「こちらへ本を取りに来たらどうだ。真紀さんとの結婚式の具体的な話も詰めなければならない。仕事が忙しいと思うけれど、二日ほどなら休みが取れないことはないのだろう？」

順一が返事を渋っていると貞次郎が続けた。

「高速道路を使えば名古屋回りか東京回りになる。だが、現在は飯田から浜松へ通じる『三遠南信自動車道』というのが開発されつつある。途中のあちこちが工事中になっているということだけれど、それを使えば伊那から四時間ほどで浜松に着くことが出来るそうだ」

「そんな自動車道があったの？」

「新聞記者なのに知らないのか。中央自動車道の飯田から分かれて浜松へ通じているというから調べてみたら？　調べることは子供の頃から得意だったじゃないか」

順一は地域に特別な行事がない日を調べて、事情を話して新聞社に二日間の休暇を取った。

三遠南信自動車道には、未工事や工事中のところがあった。森林や集落を通り抜ける道路の脇には雪が積もっている場所があったが、暖冬のお陰で道路を走るのに支障はなかった。

浜松の生家では家族が揃って順一を待っていた。家族は両親に弟の正則と妹の久美の三人である。来る道中で到着時間を知らせてあったので、ダイニングルームのテーブルにはご馳走が用意されて酒の徳利も立っていた。

食事が始まる前に、貞次郎が「日出づる国、災い近し」を順一に手渡して言った。

「順一が見たいのはこの本だろう」

粗末な文庫判の本に見覚えがあった。著者名は「真理の御魂、最聖、麻原彰晃尊師」となっていた。大袈裟な表現に順一は思わず笑って言った。

「僕はこの本を中学生の時に見た記憶がある。読み始めたけれど、意味が分からなくて途中でやめたんだ」

「それを昨日読み返してみた。すると昔のことを思い出した。この本をオウムの信者と思われる青年から受け取ったのは、東京の上野公園の石段のところだった。都立美術館へ行くために歩いていたら、石段の隅に蹲っていた青年が飛び出して来て、『これを』と言って手渡された。見ると表紙に『日出づる国、災い近し』と書いてある。松本サリン事件があったあとで、オウム真理教のことがテレビや新聞で報道されていたから、一目でこれがオウム真理教の本であることは分かった」

貞次郎はそれだけを言って徳利を持ち上げた。順一は盃を持って貞次郎の顔に視線を向けた。

「当時のオウム真理教のことを聞きたい。どんな些細なことでもいいから」

貞次郎は盃を口に当てながら「ふふふ……」と笑った。

「新聞記者に取材されているみたいだな」

「私も聞きたいわ」

高校生の妹の久美が言った。弟の正則は好奇心に燃えた眼を父親に向けていた。

「それなら……」

貞次郎は手酌で自分の盃に酒を追加して話し始めた。


――オウム真理教という言葉を聞いたのは、順一が生まれた頃だったのかな。坂本弁護士一家が何者かに拉致されたという報道だった。その容疑者としてオウム真理教の名前が挙がっていた。

国会の選挙があったのは、その半年後だったのかな。その選挙にオウム真理教からは教祖の麻原彰晃を筆頭に大勢が立候補した。宣伝カーの上で、麻原彰晃の仮面を着けた信者が音楽に合わせて踊っていた。

「ショウコウ、ショウコウ、アサハラ、ショウコウ……」

テレビで観た光景が今も目に浮かぶようだ。それは奇妙な光景で、選挙運動のようには思えなかった。予想どおりに全員が落選したが、そのあとでオウム真理教では選挙の開票に不正があったと抗議していた。

その後、オウム真理教の信者が、団体で熊本県の村に進出した。すると村人から排斥運動が起きた。同様のことは全国の各地であったようだ。「怪しげな団体」「何を仕出かすが分からない団体」という印象が強かったのだろう。事実、裏で怪しいことを平気でやっていたからな。

そういう中で教祖の麻原彰晃は、大学の学園祭で講演をしたり外国へ出かけたりしている。モスクワにも支部をつくったと聞いている。その頃のオウム真理教は勢力の拡大と並行して様々な問題を引き起こしていたが、一つひとつの内容は憶えていない。はっきりと憶えているのは松本サリン事件だ。

松本市の閑静な住宅地で毒ガスが散布されて七人が死亡した。その時の通報者の河野という会社員に警察が目を付けて、何回にもわたって取り調べを行った。それを嗅ぎつけたマスコミは、彼が犯人であるかのような報道をした。それに煽られて日本人の大半は河野さんが犯人だと思ったのではないかな。おれもその一人だった。

だが、毒ガスの正体がサリンという特殊なもので、素人がつくれるものでないことが判明した。また、河野さん本人や永田という弁護士がマスコミに出て弁明したことによって、河野さん犯人説に疑問が投げかけられるようになった。その翌年になって、山梨県の上九一色村のオウム真理教の建物の近くの土でサリンの残留物が発見されるに至って、ようやく河野さんへの嫌疑は薄れたと記憶している。

その時にマスコミの怖さというものを実感したね。一般の人はマスコミの報道を事実と受け取るものだ。それで河野さんの家には石が投げ込まれたり、脅しの電話が頻繁にかかったりしたということだ。その原因をつくったのはマスコミだった。

順一が新聞記者を目指していると知った時に、そのことをおまえに話したことがあった。「宗教は信仰の自由を建前に、マスコミは報道の自由を建前に、大きな罪を犯すことがある。よくよく気をつけろ」と。

上野公園でこの本を受け取った頃のおれは役所勤めでは物足りない気持ちがあって、自分で油絵に挑戦していた。どこかで美術展があると聞くと見学に出かけた。その時も上野の都立美術館の展覧会へ出かけたのだったが、今でも不思議に思っていることがある。

それはあの大勢の人波の中でどうしておれに目をつけて、この本を手渡したのかということだ。その青年は本を渡したあとで石段の隅に引き返して、またじっと人の流れを見ていた。ということは、おれの様子にオウムに共鳴する何かを見つけたということになるのかな。

そのあとで地下鉄サリン事件が起きて十三人が死亡した。あの事件は有名だから説明の必要がないだろう。引き続いてオウム真理教に捜査が入って、大勢の幹部が逮捕された。その様子はテレビなどで逐一報道された。教祖の麻原彰晃が逮捕される様子もテレビに映っていた。

おれはその騒動が一段落した頃に、役所の同僚と連れ立って上九一色村のオウム真理教の施設を見に行ったことがあった。背後に富士の高嶺が聳えている絶景の土地だった。その中にサティアンと言われるオウムの建物が建っていた。あれは粗末な工事で建てた工場のようなものだった。そこを基地にして数々の悪事が行われていたのだ。

上九一色村の人たちはオウムが危険な団体だと気づいていた。それで村を挙げて騒いだのだったが、それに対する行政や警察の動きは鈍かった。マスコミもあまり問題にしなかった。宗教法人になっていたので躊躇したということもあったのだろう。見学に行った役所の同僚が共通に抱いた感想は、「行政は地元のことをつぶさに知らなければならない。何かあったら素早く対応しなければならない」ということだった。

昨日はこの「日出づる国、災い近し」を読み返して、オウム真理教という教団にそらぞらしい虚飾を感じたな。このような麻原彰晃のつくり出した虚構に乗っかってしまった人たちの気持ちが、おれには理解できない。

しかも高学歴の人たちが中心になって各種の犯罪を担ったのだから、学力というのは何かと考えてしまう。麻原彰晃に利用されたのか、それとも自分で麻原彰晃やオウム真理教を利用しようとしたのか、何が何だか分からなくなってしまった。

このようなことが再び起こらないという保証はない。現に中東ではイスラム過激派が宗教を背景に数々の問題を起こしたではないか。順一はマスコミの仕事をしているのだから、オウムの事件を掘り起こして、その事件の背景にあったもの、悲劇の原因をおまえの眼で明らかにして欲しいものだ。

貞次郎が口を閉じると、正則と久美の視線が順一の口元に向けられた。順一は何か言わないわけにはいかなかった。

「僕がオウム真理教に興味を持ったのは、新聞で報道するためではない。お父さんが言ったように、麻原彰晃に従った人たちの心理を知りたいからだ。オウム真理教は宗教の仮面を被っていた。あの事件で懲りたはずの現在の社会にも、宗教の仮面を被って悪事を行っている人たちが横行している。オウムを参考にして仮面の下に隠されているものを見破りたい」

「期待しているぞ」

貞次郎に続いて妹の久美が、「私も期待している」と言ったので、賑やかな笑い声が起こった。

「それに……」

順一が躊躇していると正則が催促した。

「それに何なの？」

「日本も自らを神聖視して、太平洋戦争に兵士を駆り出した。僕にはその心理には共通のものがあるように思えてならない」

順一にとってはこれが最大の課題であった。それは上の原の農耕隊や二・四事件を調べているうちに心に芽生えて来たことであった。

「期待しているぞ」

同じ言葉を繰り返した貞次郎の声は酔っているようであった。

順一は久しぶりに子供の頃のベッドに寝た。仰向《あおむ》けになって「日出づる国、災い近し」を開いて読み始めたが、粗末な用紙に細かな文字が印刷されていて読むのが一苦労であった。

予言の書だから当然のことだけれど、書かれていることが独断的で、ついていけないという気持ちであった。それでも「期待しているぞ」という貞次郎の声を思い出しながら、苦労して読み終わった時には時計は一時を回っていた。

「日出づる国」というのは日本のことである。「災い近し」の災いというのは、「ハルマゲドン」（世界最終戦争）のことで、第三次世界大戦が近いことを指している。この大戦についてはこのように書かれている。

「千九百九十九年に始まるであろうこの戦争も、しばらくの間、核兵器は使われない。核が飛び交うようになるのは二千三年になってからだ。二千三年の十月三十日から十一月二十九日までの間に、核兵器による決定的な破局が訪れる。そのピークは十一月二十五日である」

麻原彰晃の予言によれば、現在の日本は核兵器によって破局を迎えているはずである。そうならなかった現実を、獄中にいた麻原彰晃はどう考えていたのだろうか。

戦争の原因については次のように書かれている。

「恐慌というのは戦争以外では絶対に解決しない。今現在の社会情勢を見ると、明らかに恐慌に突っ込んでいる。次に来るのは戦争以外にはない。恐慌が起こっているから戦争が起きる、あるいは戦争を起こさんがために恐慌がある、私は後者も穿った見方ではないかと思う」

当時の日本はバブルが崩壊した時期に当たっている。麻原彰晃はそれを恐慌と言っているのだろうが、現実にはそれが原因の戦争は起きていない。

この戦争によって日本はどうなるかも書かれている。

「私の精神的力によって見た経験と、それからいろいろな過去の預言者たちの話を総合すると、大都会においては十分の一くらいの人口しか残らないというのが、今の私の立場です。つまり十人に九人は死んでしまう」

それでは戦争のあとの世界はどうなるのか。

「相当智慧のある人、しかも徳の高い人、そして人類始まって以来の非常な艱難を乗り越えることのできた素晴らしいカルマ（業）の持ち主が最終的には残って、今の人類を越えた新人類の世界がつくられる」

関連してこのようにも書かれている。

「ハルマゲドンは回避できない。しかし、オウムが頑張って多くの成就者を出すことができれば、ハルマゲドンで死ぬ人を、世界の人口の四分の一に食い止めることができる。そして残りの四分の三の人口の中のどれだけが生き残れるかは、オウムの活動次第だと。私は、私に与えられたこの使命に命をかけているんだよ」

そのような予言の裏づけとして、仏教、ヒンズー教、キリスト教、占星術、ノストラダムスの予言、易学などが随所に持ち出されている。そういうものを自分の発言のために利用しているのだ。

読み終わった順一の頭に残ったのは、「荒唐無稽」という一言であった。オウム真理教の信者は、当時は三万人を超えていたと聞いている。その人たちがどういう思いでこの予言を受け止めたのか。次に順一の心に浮かんだのは、「心の詐欺」（マインドコントロール）という言葉であった。

溝上晃もそれに引っかかったとするならば、その事情はどのようなものであったか。後味の悪い思いの中でそんなことを考えていたので、順一が眠りに就いた時には午前二時を過ぎていた。

翌日の午前には両親と結婚式について細かな打合せをした。結婚式は三月末に東京で行うことに決まっていた。出席する伊那の親族と浜松の親族との中間地を選んだのである。四月から東京の本社に勤める順一の都合もあった。

午後に伊那支局に戻った順一は、長谷川記者に「日出づる国、災い近し」を手渡して、溝上とのコンタクトを依頼した。長谷川記者は本をペラペラと捲って考え込んでいた。そのうえで返ってきた反応は、「君は本気なのだね」という一言であった。

その翌日には長谷川記者から順一に話があった。

「オウム教団については一応知っているつもりだったが、この本を読むと、嘘八百の理屈に支えられた団体だったのだと呆れ返る。事件のあとで一時は影を潜めていたオウム信者が、最近になってまた増え始めたと聞いている。その連中がハルマゲドンを信じているとすれば、また悲惨な事件を起こしかねない。そのためにも君が溝上晃の体験を聞き出すのは大事なことだ。支局長の許可を得たうえで出かけるといい」

長谷川記者の言葉を受けて、順一が支局長に「日出づる国、災い近し」を見せると、支局長はページを繰りながら「汚い本だな」と言った。

「でも面白そうだ。これを読んでから返事をしよう」

次の日には支局長から話があった。

「これを読んでいろいろと考えさせられた。麻原彰晃は貧しい家庭に生まれたうえに、弱視で小学生の時から盲学校に入れられたと聞いている。だから世の中に対するルサンチマンがあったのではないのかな。そのルサンチマンがオウムというオカルトに走る原因になったのではないだろうか」

「ルサンチマンって何ですか」

「世の中に対する怨念感情だよ。この本ではハルマゲドンを予言しているけれど、本心では自分の手でハルマゲドンを起こすことを考えていたのではないだろうか。二つのサリン事件はそのための予備実験だったのではないのかな。しかし、そのあたりのことは私の想像でしかないから、君が溝上晃に当たって聞いてみるがいい。長谷川君がコンタクトを取ってくれてあるのだろう？」

「そういうお願いをしてあります」

「だが、そこで取材したことを記事にすることはできない。聞いたことは君の心に溜め込んでおいて、今後の似たような事件の際の参考にするといい」

その頃の順一には直ちに行動を起こす新聞記者の習性が身についていた。溝上の小川農園は天竜川の東の河岸段丘にあった。南向きの日当たりのよい緩い傾斜地に、冬枯れのブドウ園が広がっていた。「小川農園」の看板から奥まったところに二階建ての古い建物があった。順一が車を停めた時には、玄関の前に法被を着た長身の溝上が立っていた。

車から降りた順一はブドウ園の中にある小屋に案内された。小屋の中は石油ストーブで暖かだった。

「ブドウ狩りに来た人が、この場所でブドウを食べることになっているんです。冬の間はここは僕が読書をしたり物事を考えたりする場になっていますが、あなたとの話を家族に聞かれたくないからここで話をすることにしました」

溝上はお茶のペットボトルを順一に差し出して、「どうぞ」と言った。順一の口からは新聞記者の常套句が飛び出した。

「ご家族はどうされていますか？」

溝上は一枚の写真を出して見せた。順一に見せるために予《あらかじ》め用意していたようであった。

「祖父と祖母。この二人は僕の母の両親だ。それに僕の妻と息子。息子は高校へ通っている。ここでの話を聞かせたくないのは脳卒中のために杖を突いて歩いているおじいさんだ」

「そうでしたか」

「長谷川さんから話があったけれど、僕がオウムに関係していた過去のことを聞きたいのだろう？　僕はこちらへ来てからは自分の過去を隠してきたが、酒に酔っ払った時に自分の口から漏れてしまってね。でもオウム信者であった僕を非難する声は聞いたことがない。この土地の人はそういうことに拘《こだわ》りがないから、変わり者だというくらいの認識ではないのかな」

「そうでしたか」

「あの頃の信者が考えていたことは、教祖の麻原彰晃と教団を頼っていたことのほかは、それぞれに違っていたと思う。オウムに入信した事情もそれぞれ違っていた。僕の場合は出家の手前でとどまっていたので、幸い犯罪には手を染めることはなかった。しかし、考えれば考えるほど自分が愚かであったことが胸を突き上げる」

溝上はそこでペットボトルの栓を取って、中のお茶を一気に飲み干した。順一の胃の腑にも温かいお茶が沁み通った。

それから訊いた溝上の話しぶりは、筋道が整然としていて朗読を聞くようであった。

――僕がオウム真理教の信者になった動機を聞きたいのだろう？　麻原彰晃にのめり込んだと言えばそれまでだが、今になってみると、あの頃の自分を遠くから客観的に見ることができる。

それを説明するためには、僕の両親のことを持ち出さなければならない。自分の責任逃れのような気もするけれど、そこから説明しなければ僕のことが分かってもらえないと思うのだ。

父は福島県の生まれで、中学を卒業して集団就職で上京して下町の工場に勤めた。その頃には田舎から出てくる少年のことを「金の卵」と言ったのだそうだ。これは失礼な言葉だね。本人が金の卵を産み出す鶏にされているのだから。

母はここ伊那の生まれで、高校を卒業して単身で上京してデパートに勤めた。デパートで売り子の仕事をしていたのだ。大学へ行きたかったということだけれど、両親に「女に学問は必要ない」と言われて、家出同然に上京したのだそうだ。そのような時代だったのだね。

父と母が知り合ったのはデパートの中だったそうだ。詳しいことは聞かされていないけれど、恋愛結婚だったのじゃないのかな。それで粗末なアパートで共同生活をして僕が生まれたというわけだ。

僕の人生の最初の記憶は、アパートの部屋で母に本を読んでもらっている場面だ。読み聞かせのあとで、僕は自分で本を読ませられた。母の目的は僕に文字を覚えさせることだった。文字だけではない。数の勉強もその頃から強いられた。

小学校では僕はどの教科も成績がよかった。幼い頃からの勉強も役に立っていたと思うけれど、僕の頭の中は成績を上げることだけで占められていたからね。

それは両親の期待から来るものだった。中学を卒業しただけで職に就いた父は、自分に実現できなかった学歴を息子の僕に託したのだ。母も同じようなものだった。両親からたびたび言い聞かせられた言葉があった。

「晃は一流大学を出て大企業に入るんだよ」

僕はそれを聞いて、両親の期待に応えることが幸せになる唯一の道だと思っていた。それで自分なりに努力もした。

小学校、中学校、高等学校を通して僕は成績以外のことには関心がなかった。親しい友達もいなかったけれど、特に苦になることはなかった。僕の前には大学受験に向けて一本の道があるだけだった。そういう僕を学校の先生も同級生も認めてくれていた。

僕が大学の経済学部を受験したのは、両親の要請によるものだった。「就職に有利だから」という理由で、僕はそれをそのまま受け入れた。希望した大学に合格した時の喜びは忘れることができない。十何年間一筋に目指してきたものに到達できたのだから。

だが、その感激は入学して間もなく崩れ始めた。僕が目指していたのは大学に合格することであって、大学で何をしようという目的がなかったのだ。目的を失った僕は漫然とした気持ちで授業を受けていた。

もう一つ僕の気持ちを掻き乱したものがあった。それは経済の勉強だった。経済の講義を聞いている僕の頭の中で固まっていったのは、この社会のあり方についてだった。

「この社会は人間が主人公ではない。お金がこの世を支配している。人間はお金の奴隷になっている」

学べば学ぶほどその事実が僕の頭を占めるようになった。お金というのは印刷された紙片に過ぎない。その架空の価値に支配されているこの世の中に、僕は違和感を抱くようになった。僕の両親はそのお金のためにこれまでどれだけ苦しめられてきたことか。僕を大学へ出すだけでも大変なのに、その架空の価値に耐えて頑張っている。

憂鬱《ゆううつ》な気持ちで学校へ通っていた僕は、その物憂《ものう》げな動作が目立っていたのかもしれない。そういう僕に近付いてきたのが峰村だった。

「元気がないようだけれど、どこか体の具合でも悪いのか?」

峰村はそう言って僕に近付いてきた。闊達《かったつ》な峰村の姿はときどき見かけることがあったけれど、声をかけられたのはこれが初めてだった。僕は返事に迷って「うん」と言っただけだった。

「それならいいところがある。案内するから一緒に行かないか」

「どこへ?」

「すぐそこだ。そこではヨーガをやっている。あれをやると気持ちがすっきりしてどんな悩みも吹っ飛ぶ」

僕はその言葉に促されて、峰村のあとについて行った。「すぐそこ」と聞いたけれど、ヨーガの道場に着くまでには二十分ほどかかった。

「ここだ」

峰村が立ち止まったのは大きなビルの前だった。エレベーターで上がったのは二階のフロアーで、「ヨーガ道場」という表札のある部屋へ入ると、そこでは二人の女性が床の上で体を屈伸させていた。

「新入りです」

峰村が声を張り上げると、奥の部屋のドアが開いて白い運動着の男性が出てきた。

「ようこそ。私はこの道場のオーナーの高野です。それでは一緒にヨーガを始めましょう」

僕は高野のにこやかな表情を見て、それまで抱いていた警戒心が薄れた。僕は上着を脱いでシーツの上に座った。僕と峰村と女性二人が横並びになった。

僕は高野の張りのある声によって体を動かし始めた。体を一定の形に決めると、「息を吸って」「息を止めて」「息を吐いて」という高野の合図があった。室内には緊張した空気が漂っていた。

そうやって一時間も続けていると、体の芯がぽかぽかと温かくなった。やがて高野が「ここまで」と言って僕を見た。

「どうでした?」

「体と心が楽になったように気がする」

「それがヨーガだ」

道場を出た帰り道では、峰村がヨーガの効能を細かく説明してくれた。その中で忘れられない言葉がある。

「ヨーガは体を鍛える体操とは違う。ヨーガを続けていると、自分が異次元の世界の人になることができる」

それからの僕は週に一度はヨーガの道場に通った。峰村と一緒のことが多かったけれど、一人で出かけることもあった。ヨーガ道場ではどの人も親切で、道場は僕の心の支えになっていた。僕にとっては世の中で親しい人間関係を味わった初めての機会であった。

僕は峰村の言った「異次元の世界」を求めていた。常連の人たちは異次元の世界を経験していたようで、言葉の端々に「あの世界へ行けた」と聞くことがあった。それは主として瞑想の時間帯に現れる現象のようであった。

「何も考えないで座っているように」

高野に言われて脚を組んで瞑想したことがあった。僕は自分の体が仏像になった感覚の中にいた。その時にかつて経験したことのない感覚が僕を襲った。

自分が無限で透明な空間に溶け入って、空間と合一してしまったのだ。それは自分の中から悩み事の一切が離れて、自分そのものがなくなった時間であった。その時間がしばらく続いた。

自分が道場にいることに気がついた時には、高野がニコニコしながら私を見下ろしていた。

「どうだった?」

「不思議な世界にいるようだった」

「見ていて分かったよ。それが解脱の世界なのだよ。グルの心があなたに通じたのだ」

「グル?」

「オウム真理教教祖の麻原彰晃尊師のことだ」

僕は高野の一言によって、「これはオウム真理教の道場だったのか」と気がついた。オウム真理教がオカルトだという噂は聞いていたが、この時の「解脱」の体験がその噂を吹き飛ばしていた。

あとになって調べてみれば、あの時の不思議な感覚は、僕に脳内麻薬が発生したためのものと思われる。禅宗の坊さんには叱られそうだけれど、坐禅が目指しているのは脳内麻薬を発生させて、自分の抱えている悩みから離脱した状態になることではないだろうか。それに解脱という名前を被せるから、何か神秘的な感じを抱いてしまうのだ。ただし、これは僕の勝手な解釈だから君は信用しないでくれ。

だが、その頃の僕は高野の言葉を信じていた。それで解脱の瞬間を求めて頻繁に道場へ通うようになった。峰村はいつの間にか僕から離れていった。オウム信者だった峰村は、僕を道場へ通わせる役目を担っていたのだろう。

僕は高野に求められて、入会金の五万円を支払ってオウム真理教の信者になった。このお金の支払いのために、両親には「教材費が必要」と嘘をつかなければならなかった。それからは高野の僕に対する態度に変化があった。

「あなたにはグルの尊い心が届いたのだから、これからの修行は奥の部屋で行うがいい」

奥の部屋もプレイルームになっていて、正面の壁にはシヴァ神の絵が掲げられていた。

「これがオウム真理教の主神のシヴァ神だ。グルの麻原彰晃はシヴァ神の生まれ変わりなのだ。ここでヨーガをすれば、あなたの心はグルを通してシヴァ神に通じる」

その頃の僕はその言葉を抵抗なく受け入れていた。僕は一人でシヴァ神の前で修行をすることが多かった。

大学に入るまでの僕は受験勉強に明け暮れ身を委ねていた。ところが合格した途端に身を委ねるものを失っていた。そこに現れたのがオウム真理教と麻原彰晃であった。高野から吹き込まれる言葉によって、僕は完全にオウム真理教の信者になっていた。

その頃の世間では、オウム真理教の数々の所業の噂が取り沙汰されていた。話題の中心になっていたのは、オウムの信者による誘拐や詐欺行為であった。だが、そういう噂は僕には信じられないことであった。

「オウム真理教が力を持って邪魔なので、国家権力が潰しにかかっている」

これが高野から聞かされた説明であった。その頃に出た「日出づる国、災い近し」という麻原彰晃の著書では、ハルマゲドン（世界大戦）が近いということだった。オウム真理教の機関誌「マハーヤーナ」にも同様のことが載っていた。

それを読んだ僕は、お金に支配されているこの世が滅びる時が来るのではないかと考えた。そのようになることによって、この世の人々は救われるに違いないと思っていた。その気持ちには、その頃の日本経済が不況に陥っていたこと、社会に閉塞感が漂っていたことが関係していた。

こういう話を聞けば、あなたはばかばかしいと思うだろうが、麻原彰晃に心酔していた僕は本気でそのように考えていたのだ。

そういう時に高野から話があった。

「グルのイニシエーションを受けてみないか。グルに直接会える絶好の機会だ」

イニシエーション（通過儀式）という言葉は聞いたことがあった。イニシエーションを受ければ、信者はより高いステージに到達することができるということだった。だが僕は道場へ通うためにかなりのお金を注ぎ込んでいたので、すぐには返答ができなかった。

「イニシエーションには高額のお金が必要と聞いているけれど、僕にはそのお金がありません」

「親の脛をかじっている大学生に金がないことは分かっている。グルもそのあたりのことは配慮してくれる」

この言葉の裏には目論見が隠されていたけれど、それが分かったのは、イニシエーションが終わったあとだった。

イニシエーションは、山梨県の上九一色村のサティアンで行われた。富士の高嶺を背景にして白亜のサティアンが建っている様子を目の前にして、僕にはオウム真理教が偉大なものに感じられた。「日出づる国、災い近し」に書かれているように、ここが新しい世界の拠点になるのだという感慨を抱いた。

高野に案内された部屋には、シヴァ神の大きな画面を背中にして、麻原彰晃が分厚い布団の上に座っていた。その両脇には白衣の信者が立っていた。麻原彰晃の姿は写真で見ていたが、髭《ひげ》を生やしてどっかりと腰を据えた姿に神々しさを感じて、僕の体内には一瞬戦慄が走った。

「私は何度かあなたに会っているのだよ」

麻原彰晃が突然優しい声で言い出した。僕は意味が分からないままに麻原の顔を見つめていた。

「あなたは大学生だったね。私もあなたの大学を受けたことがあったが落ちてしまった。ご覧の通り私は目が悪いからね。しかし、そのお陰でこの世のすべてのものが見えるようになった」

「…………」

「あなたは大学生活に疑問を持っているのだろう？　退屈な大学生活に見切りをつけているのだろう？」

麻原彰晃は僕の心の底を見抜いていた。僕が小声で「はい」と返事をして、その顔を見返していると、麻原彰晃は落ち着いた声で続けた。

「私の心はあなたに届いているが、あなたはもっとステージを上げなければならない。そのことによってあなたのあり方が決まる。そのためにこれから高度のイニシエーションを行うことにする」

麻原彰晃はそれだけを言うと、口の中でモゴモゴ何かを呟き始めた。僕の耳には念仏のように聞こえたが、その時に部屋の中を神妙な音楽が流れ始めた。

「これを……」

麻原が液体の入ったコップを隣にいる白衣の信者に渡した。その信者の手を経て渡された液体を、僕は言われるままに一気に飲み干した。味も匂いもない液体であった。すると僕の体の芯から徐々に力が抜けていくのが分かった。

僕の瞼《まぶた》の内側には黒い粒が交錯しながらうごめいていた。目を凝らしていると、黒いものはしだいに拡大されて赤鬼や青鬼の姿になった。大勢の鬼が僕の瞼の中を忙しそうに駆け回っていた。それは子供の頃に絵本で見たことのある地獄の光景だった。

やがて鬼の姿は一人、二人と消えて、あとには静かな空間が残った。その空間が夕空のように茜色に染まった。その空間の奥に坐禅を組んだ僧侶が現れた。

僧侶の姿は時間を追ってしだいに拡大されて、そこにいたのは尊師の麻原彰晃であった。麻原彰晃の体は周りにまぶしい光を放っていた。

僕が幸せに包まれた気持ちで目を開けると、自分の体はベッドの上に横たわっていた。そういう僕を白衣の信者が見下ろしていた。

「私は正大師の……」

信者は自分のホーリーネームを言った。その正大師は後に死刑に処されているから、ここでは名前は伏せておきたい。

「イニシエーションはいかがでした?」

僕は目が覚めたような気持ちになって、はっきりした口調で答えた。

「初めは地獄のようなところが見えていたけれど、途中から光を発している麻原彰晃尊師の姿が見えました」

「それはよかった。あなたの未来には地獄が想定されていたが、そこから抜け出すことができたのだ。あなたはイニシエーションによってステージが上がって、一段と尊師に近付いたのだ。ところで……」

正大師は私の顔に鋭い眼差しを向けた。

「あなたは大学から離れたいと言っていたね。それは間違いないね」

「はい」

「それではあなたにぴったりのワークを紹介しよう。秋葉原に『スパーフ』というパソコンショップがある。あなたにはそこでパソコン教室を開いてもらいたい」

「僕はパソコンにそれほど通じていないのですが」

「あなたなら大丈夫だ。パソコンを購入してくれた人に手ほどきをする程度の仕事だから。イニシエーションの費用はその店で稼いで返してもらいたい。頑張れば月に五百万程度の収入になる」

高野が「イニシエーションの費用はグルが配慮してくれる」と言ったのは、このことを指していたのだ。僕がそれを抵抗なく受け入れたのは、麻原の姿がまだ頭の中に居座っていたからだった。

後になって考えたことだが、僕が飲まされた液体はＬＳＤだったと思う。そうやって麻薬で不思議な幻想を起こさせて、信者をオウム真理教につなぎとめていたのだ。そのことについては麻原彰晃をはじめ教団の幹部は承知していたと思う。あのイニシエーションの費用は百万円だったというから、教団の詐欺行為に僕も引っかかっていたのだね。

秋葉原のビルにあった「スパーフ」は間口の狭い店だったが、二階がパソコン教室、三階が物置になっていた。店では松島恵美という中年の女性が客の応対をしていた。彼女は古くからのオウムの信者だった。松島の話では、パソコン教室のこれまでの先生は、出家して富士山総本部へ移ったということだった。その後釜が僕だったのだ。

「スパーフ」は安値のパソコンを売る店として評判が高かった。パソコンを購入した客には、僕がその場でパソコンの手ほどきをした。また、午後から行われる「パソコン教室」の指導も僕の仕事であった。僕の帰宅時間は十時を過ぎていた。

僕は大学が休学状態になっていることを両親には隠していた。大学に執着している両親を悲しませたくなかったからだ。だが、同じアパートの住人が来店したので、僕が「スパーフ」にいることがばれてしまった。両親に詰問された僕は、苦しい弁解をしなければならなかった。

「アルバイトだよ。学生の大半はアルバイトをしている。あそこは仕事が楽だから学生に合っている」

両親は納得したようではなかったが、「スパーフ」がオウム真理教と関係があるとは考えていなかった。気がついていれば猛反対したことだろう。

その頃には上九一色村でサリンの残留物質が発見され、松本サリン事件はオウムの仕業ではないかという噂が流れた。目黒公証役場の事務長が路上で複数の男に誘拐された。これもオウムの犯行ではないかという報道があった。僕はそういう報道に接するたびに、オウム真理教がそんなことをするはずはないと腹を立てた。

ある日、正大師が突然「スパーフ」に見えて、僕は三階の物置に連れて行かれた。正大師は脚を組みながら私に言った。

「一連のオウムの報道をどう思う?」

「あれはマスコミのつくり話なのでしょう?」

「そうだ。その裏では国を挙げてのオウムへの攻撃が始まっている。上九一色村のサティアンには、毒ガスのサリンを撒かれた。それで体調を崩したサマナ(出家信者)がいる。尊師は『今にこの世に天罰が下る』と予言している」

「ハルマゲドンのことですか?」

「そうだ。今後を注目しているがいい」

僕の心の中に動揺が生まれたのはその時だった。正大師の顔にただ事でない表情が浮かんでいたのだ。それはこれから復讐に手を染めようとする人の顔付きであった。

地下鉄サリン事件が起きたのはその直後だった。引き続いてオウム教団の施設に警視庁の強制捜査が入って、上九一色村のサティアンでは麻原彰晃が逮捕された。それと同時に松島が店から姿を消した。僕は店を閉めて自宅アパートに閉じこもっていたが、僕にまで捜査の手が及ぶとは考えていなかった。

自宅の玄関のチャイムが鳴ったのは、家族で朝食をとっていた時だった。母がドアを開けると、玄関の前に数人の警官が横並びに立っていた。

「溝上晃さんの家ですね。晃さんを出していただけませんか」

「どういうことですか」

「オウム真理教のことでお聞きすることがあるので」

僕は緊迫した事態を感じ取って、両親の心配を振り切って立ち上がった。僕は両親の喚《わめ》く声を背中に聞きながら警官に囲まれて外へ連れ出された。

それから連れて行かれたのは「スパーフ」の店であった。僕が店の鍵を開けると、警官たちが中へなだれ込んだ。警官の荒い息遣いが僕の耳に聞こえていた。

家宅捜索の最中に僕は一人の警官から尋問を受けた。「この店で何が行われていたか」というのが質問の中身だった。僕は「パソコンを販売していた」としか答えられなかった。経理の関係は松島が受け持っていたので、僕は自分が「スパーフ」について何も知らないことにその時になって気がついた。警官は経理の帳簿を探していたが、それも松島が持ち去っていた。

「これから警察へ同行していただきたい」

二時間に及ぶ家宅捜査のあとで、僕は警察署へ連れて行かれた。僕はそれからの六日間を留置所と取調室に閉じ込められた。取調べに対して僕は何も隠し立てすることはなかった。尋問に正直に答えていると、取調官の態度に徐々に変化が表れた。

「あなたはオウムが凶悪な集団であることを知らなかったのか?」

「オウム教団が凶悪とは思っていない。何かの間違いではないのか」

「地下鉄に毒ガスのサリンを撒いて大勢の死者と負傷者を出した。これはオウムの仕業であることが判明している。麻原彰晃も殺人罪で逮捕された」

それは僕には信じられることではなかった。あの穏やかな麻原彰晃がそのような悪行をするはずがないと思っていたのだ。国家権力がオウム真理教を抹殺するための口実に違いないと思っていた。

僕は六日間の取調べのあとで、「自宅から離れない」という条件付きで釈放になった。自宅に戻った僕は、今度は両親の尋問を受けなければならなかった。僕は自分の過去の事情を正直に話した。両親は呆れ返った表情で僕の告白を聞いていた。

オウム真理教の報道は連日絶えることがなかった。それに接していると、僕の気持ちに微かな揺れが生じた。「報道はあるいは本当なのかも知れない」と思い始めたのだ。だが、そのあとで疑いを打ち消して、「そんなはずはない」と自分に言い聞かせた。

両親には大学へ行くことをしきりに勧められたが、僕はその気にはなれなかった。警察からはその後は何も音沙汰がなかった。そういう時に母に勧められた一言があった。

「伊那のおばあちゃんの家へ行って頭を冷やしてきたら?」

この一言は僕にとって自分が救われる光明のように思えた。だが警察には「自宅から離れないように」と言われていたので、警察へ行って苦しい胸の内を打ち明けた。警官からは「相談してから返事をする」ということであった。そして次の日には許可の電話があった。僕のような新参者は、すでに犯罪捜査の対象から外されていたのだ。

これまでの話で、僕がここで暮らすようになった事情は分かっていただけただろう? 僕はそれから東京へは戻らなかった。両親の悲しみは分かっていたけれど、ここの家族と一緒に野良に出て仕事をしていると、僕は自然に包まれている喜びを感じ始めていた。それまでの僕は自然の中で生活した経験がなかった。

それからの僕は、オウムに関する新聞や雑誌の記事、それに関係の本を熱心に読み始めた。とりわけジャーナリストの江川紹子や青沼陽一郎の書いたものを読んだ時には、脳が裏返しになったような衝撃を受けた。

書かれていることが本当であれば、オウム教団は麻原彰晃を独裁者とするテロ集団だったのだ。僕がそれに足を踏み入れたということは、テロに間接的に手を貸していたことになる。「スパーフ」で上げていた利益は、教団の資金になっていたのだから。

祖父母と息子の芳弘は僕の前歴を知っていたが、僕に配慮してそれに触れることはなかった。それからの僕は果樹園の仕事の中に働くことの喜びを見出していた。オウム真理教は月日の経過と共に過去のことになっていった。

僕がオウム真理教から完全に訣別したのは、オウム真理教の治療省の林郁夫が著した「オウムと私」を読んでからだった。そこには麻原彰晃にのめり込んで犯罪に手を染めていった林の心理が赤裸々に書かれていた。

林に比較して僕は何と軽薄な信者であったことか。僕には宗教的な感情は希薄であった。ただ自分が寄りかかるものが欲しかっただけだ。それが凶悪な麻原彰晃とオウム真理教だったとは。僕が出家の手前でとどまっていたことは幸いとしか言いようがない。あの状態が続けば僕は出家していたに違いない。麻原彰晃はそれを想定して僕にイニシエーションを施したのだと思っている。

話し終わった溝上は、順一の顔をじっと見つめた。

「これが僕の過去の一切だ。まだ何か訊きたいことがあれば……」

順一は時間を置いて尋ねた。

「これからも東京へ帰るつもりはないのですか？」

「ない」

溝上は言い切ってから、「あのことを話してなかったな」と言った。

「こちらへ来て二年ほど経った時に、義兄の芳弘が自動車事故で亡くなった。この家は祖父母だけになってしまったので、僕が東京へ戻れなくなったということもある」

「それでブドウ栽培の仕事に打ち込んでいたのですね」

「ブドウ園の仕事の手伝いに来てくれていた女の子がいてね。僕がそれと仲良くなって結婚したということもある。生まれた息子は現在は農業高校に通っている。息子は将来はここでワインの醸造をしたいと言っている。僕もそのつもりで研究を始めている」

「そういうことでしたか」

順一の口からはため息のあとに言葉がなかった。

「息子は将来の希望を持って高校へ通っている。僕は何の希望もなくてただ大学を目指していた。そこが大きな違いだ。あの頃の僕には自分というものが存在していなかった。それで麻原彰晃とオウム真理教に自分を委ねて、辛うじて自分が自分になっていた。信者一人ひとりの事情は異なると思うけれど、僕のように麻原彰晃と教団に寄りかかって生きていたことは共通していたのではないかと思う」

順一はそこで最後の質問をした。

「東京のご両親はどうしておられますか?」

「父は定年間近になっている。勤めを辞めたら母と一緒にこちらへ来て果樹園の仕事をすることになっている。ここは母の実家だからね」

順一は再び大きなため息をついた。人生に紆余曲折はあっても、結局は行き着くところへ行き着くのだという感覚であった。信者に来世の地獄を説いてハルマゲドンを計画していた麻原彰晃は、すでに処刑されて地獄に堕ちている。それが彼の行き着くところだったのだ。

その翌日に順一は長谷川記者に訊かれた。

「小川農園へ行って来たのだろう。溝上の話はどうだった?」

順一は長谷川記者の紹介で溝上に会ったのだから、黙っているわけにはいかなかった。

「溝上さんは本格的なオウムの信者ではなかったのですね。信者の入口に差し掛かったところでサリン事件が起きて目を覚ましたと言っていました。こちらで暮らすようになって本当の幸せを実感するようになったと言っていました。僕もよい勉強をさせていただきました」

長谷川記者は「そうか」と一言反応しただけであった。

順一は溝上から聞いたことは誰にも黙っていようと考えていた。だが、その日の夜に、真紀とレストランで夕食をしながら溝上のことを洗い浚い話した。黙って聞いていた真紀が聞き終わったところで顔を上げて言った。

「牧之助おじいさんが自立を大事に考えていた意味が分かったわ。何か大きな力に頼ることが間違いの基ね。溝上さんは最初は一流大学に頼って、次には麻原彰晃に頼ったのね」

「いいことを言うね」

「あの戦争の時の日本人の大半は世の中の雰囲気に流されていたのね。だけれど牧之助おじさんは自分の気持ち大事にしていた。それで苦しい思いをした。戦後になっても同じ思いをしていたのだけれど」

「牧之助おじいさんは自立の心を持っていたのだ。それで戦争に突き進む世の中との狭間で苦しんだのだ。僕もマスコミの一人として、牧之助おじいさんのような心を持ち続けたいと思っている。最近は一部の新聞や雑誌が人の目を引く記事を出して、あえて騒ぎを起こしているように思えてならない。形は違うけれど戦前や戦時中の記事と似ていて、読者をどこかへ誘導しているように思えてならない」

「どこへ誘導しているの？」

「それについて僕にははっきりしたことは言えないけれど、結果的には日本人から主体性が失われていく方向へ向かっているように思う」

「その底辺に誰かの目論見があるとすれば大変なことになるわね」

「僕はそれを心配している」

「その時代の大きなものや強いものに身を委ねてしまうことが失敗のもとなのね」

「僕は自分が本当の自分であり続けることが大切だと思っている」

「その通りだわね」

順一は真紀の相槌を聞きながら考えていた。

農耕隊の悲劇、開拓の悲劇、学童疎開の悲劇、二・四事件の悲劇、それらに共通していたのは、その時代の大きな力に国民の多くが身を委ねてしまった結果であるということだ。それは麻原彰晃やオウム真理教に身を委ねた溝上も同じようなものだ。自分は本社へ戻ってもしっかりと自立していなければならないというのが、順一のその時の結論であった。

順一がそのことを口にすると、真紀は「騙されないことが大切ね」と言ってテーブルの上に両手を差し出した。順一はその手を両手でしっかりと握り返した。それは新聞記者としての誓いと同時に、「僕は真紀を騙すことは決してしない」という意思表示でもあった。

主な参考文献

雨宮剛　「謎の農耕勤務隊―足元からの検証―」（私家版）

満蒙開拓関係者　「証言それぞれの記憶」（満蒙開拓平和祈念館）

江川紹子　「オウム事件はなぜ起きたか　魂の虜囚　上・下巻」（新風舎）

林郁夫　「オウムと私」（文藝春秋）

麻原彰晃　「麻原彰晃、戦慄の予言　日いづる国、災い近し」（オウム出版）

桃三疎開の会　「伊那路―二十一世紀に語り継ぐ」（私家版）

著者略歴 ──────────
大槻 武治（おおつき たけはる）
長野県生まれ。「不完全燃焼時代」（東洋出版）がドラマとしてテレビで放映されたのをきっかけに小説等を執筆。著書の主なものに「アイデンティティ・クライシス」（東洋出版）、「鬼が見た！」（東洋出版）、「ぱかぱか生きる」（岳風書房）、「信濃人生浪漫―分杭峠」（総和出版）、「ある信州教育の回想―伊那の勘太郎」（信州教育出版）、「モンゴルの星」（ほおずき書籍）などがある。

あの時代の地方の悲劇

2019年5月24日　第1刷発行

著　者　大槻 武治
発行者　木戸 ひろし
発行所　ほおずき書籍株式会社
〒381-0012　長野県長野市柳原 2133-5
☎026-244-0235
www.hoozuki.co.jp
発売所　株式会社星雲社
〒112-0005　東京都文京区水道 1-3-30
☎03-3868-3275

ISBN978-4-434-26070-4